MIX
Papier aus verantwortungsvollen Quellen
FSC® C014138

ISBN 978-3-7074-2550-5
3. Auflage 2026
Text: Bettina Kleinszig
Illustration: Jürgen Blankenhagen
Lektorat: Romana Bito
Druck und Bindung: Finidr, s.r.o., Lipova

produktsicherheit@ggverlag.at

Gedruckt auf Papier aus geprüfter nachhaltiger Forstwirtschaft.
www.ggverlag.at

Bettina Kleinszig

Der Basilisk

Die sagenhaften Abenteuer des Bastian Zekoff

Illustrationen von

Jürgen Blankenhagen

G&G
Verlag

Inhalt

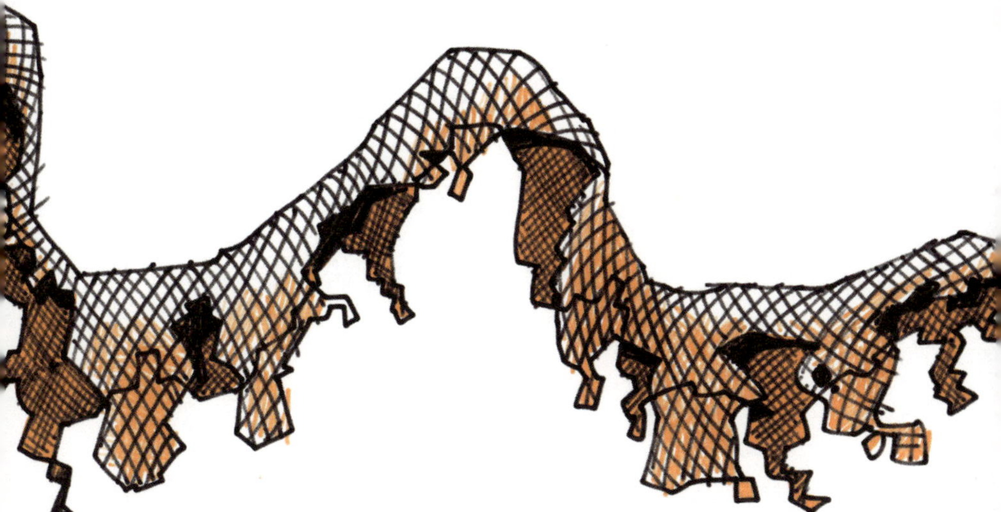

Prolog

Im Jahre 66 nach Christus:

Fackeln tauchten den Tempel in schummriges Licht. Die römischen Legionäre stöhnten und ächzten, als sie den letzten Bolzen in seine Verankerung stemmten. Lautlos trugen Männer in langen weißen Gewändern Amphoren herbei. Die Gesichter von augenlosen Masken bedeckt, gossen sie Öl in den großen kupfernen Trichter, der über ein dickes Rohr mit der Tempelwand verbunden war.

Der Boden erbebte. Wütende, heisere Laute drangen durch die Mauer. Die Männer hielten den Atem an. Die Angst steckte allen tief in den Knochen. Doch die Arbeit war getan, dem Grauen ein Ende gesetzt. Niemals sollte sich diese Geschichte wiederholen …

Der Keller

„Einundvierzig, zweiundvierzig, dreiundvierzig …“
Mit zusammengekniffenen Augen lehnte Basti an der kalten Wand und zählte in die Dunkelheit. Die Luft roch nach feuchten Ziegeln und in der Ferne hörte er die Schritte seines besten Freundes Johann verhallen.

„… fünfzig, einundfünfzig, zweiundfünfzig …“

Irgendwo über ihm bahnte sich ein dumpfes Poltern an. Ein Auto ratterte durch die schmale Gasse vor dem Haus über das Kopfsteinpflaster und entfernte sich allmählich wieder.

„… siebenundsiebzig, achtundsiebzig ...“

RUMPS!

Das alte Gemäuer erzitterte. Erschrocken hielt Basti inne, während ihm Staub auf die Nase rieselte. War das ein Erdbeben? Mit klopfendem Herzen knipste er die Taschenlampe an und leuchtete im Kreis herum. Der Lichtstrahl huschte die modrigen Wände entlang und erhellte das Deckengewölbe. Alles schien in Ordnung zu sein.

Basti zuckte mit den Achseln und steuerte auf den niedrigen Torbogen zu, der über zwei Stufen in das nächste Kellergewölbe führte.

„Ich kommeeee!"

Spinnweben streiften sein Gesicht, doch daran war er inzwischen gewöhnt. Mit dem Handrücken wischte er sich über die Stirn, während im Lichtkegel ein mottenzerfressenes Sofa erschien, das mit einer dicken Staubschicht überzogen war. Basti lenkte den Schein seiner Taschenlampe ringsum in die finsteren Ecken, warf einen Blick hinter die Bank und lief weiter. Durch eine schmale Türe gelangte er in einen Gang, der sich zu beiden Seiten in die Dunkelheit erstreckte. Sie nannten ihn den „elendslangen Tunnel", eben weil er so furchtbar lang war. Wie ein schwarzer Schlauch verband er die verschiedenen Keller unter den Häusern in der Bäckerstraße miteinander. Basti bog nach links ab. Auf Zehenspitzen huschte er den unheimlichen Gang entlang, als er auf einmal ein fernes Rufen vernahm. Abrupt blieb er stehen und lauschte in die Düsternis.

„Da hat man mal ein gutes Versteck –" Die genervte Stimme Johanns ließ Basti erschrocken hochfahren. Mit seiner Taschenlampe leuchtete er zur Mauer und entdeckte in Schulterhöhe eine schmale Nische, die ihm noch nie aufgefallen war. Sichtlich angestrengt mühte sich sein Freund aus der engen Öffnung heraus und plumpste vor ihm auf die Füße.

„Wie hat deine Schwester von hier unten Wind bekommen? Wir waren doch immer so vorsichtig.“ Seufzend richtete sich Johann auf und schüttelte Mauerputz und Staub aus seinen rotblonden Locken.

„Keine Ahnung. Hast du sie auch gehört?“

Johann nickte. Wachsam spähte er den Gang entlang, zurück in die Richtung, aus der sie gekommen waren. „Und auch so ein komisches Gerumpel.“

„Was das wohl war?“, überlegte Basti, doch er wurde von einem langgezogenen Schrei unterbrochen, der durch den elendslangen Tunnel donnerte und in alle Richtungen hallte.

„Hilfeeeeee! Hört mich hier endlich jemand? Ich bin hieeeer!“

„Das klingt aber gar nicht gut“, hauchte Johann, während Basti bereits losgelaufen war. Johann hastete ihm den elendslangen Tunnel hinterher.

„Therese? Wo bist du? Thereeese?“

Doch Therese zu finden, stellte sich als gar nicht so einfach heraus. Ihre Stimme hallte überall von den Wänden wider. Endlich – sie hatten bereits drei Kellergewölbe abgesucht – drang ein ganz nah klingendes „Hier!“ an ihre Ohren. Sie verlangsamten ihre Schritte und leuchteten in die Schwärze eines Querganges, konnten jedoch nichts entdecken.

„Hier unten!“

Bastis Herz begann unangenehm zu rasen, als er die Taschenlampe auf den Boden richtete. Etliche Male waren sie hier schon entlanggegangen. Doch jetzt, wie aus dem Nichts, klaffte vor ihnen ein Loch. Der Boden war fast zur Gänze eingebrochen. Nur ein schmaler Streifen streckte sich an einer Seite unbeeindruckt darüber hinweg und verlor sich in der Düsternis. War die Erschütterung vorhin vielleicht doch ein Erdbeben gewesen? Ein weiterer Schrei zerschnitt die Dunkelheit und riss Basti aus seinen Gedanken.

„Holt mich endlich hier raus!“ Thereses Stimme hallte durch die Gänge und das Echo maulte gleich mehrmals zurück.

Eine unheimliche Entdeckung

„Bist du verletzt? Alles o.k.?“ Basti kniete an der dunklen Öffnung und beugte sich vorsichtig über den Rand. Im Schein seiner Taschenlampe kam Thereses von Staub verklebtes Gesicht zum Vorschein.

„Aaah, danke der Nachfrage. Abgesehen davon, dass ich in einer Grube hocke, geht‘s mir gut.“ Mit einem Ausdruck von Wut und Erleichterung schüttelte seine Schwester den Kopf.

„Was hast du überhaupt hier zu suchen?“ Jetzt, wo er sah, dass Therese nichts passiert war, ärgerte sich Basti über seine Schwester, die zweieinhalb Jahre älter war als er.

„Das Gleiche sollte ich wohl besser euch fragen“, funkelte Therese zuerst ihn und dann Johann an, der nun auch seinen Kopf über das Loch streckte. „Wenn Papa wüsste, was ihr hier unten treibt …“ Sie warf ihre hellbraunen Haare zurück.

„Bist du uns etwa nachgeschlichen?“ Ungläubig blickte Basti seine Schwester an. Sie war erst vor Kurzem dreizehn geworden und fühlte sich nun als Teenie so was von überlegen.

„Bin ich nicht, hab Besseres zu tun als euch Kleinkindern nachzuspionieren.“ Thereses Stimme klang bockig. „Ich hab im Keller nach Sachen gesucht, die ich nächsten Samstag am Flohmarkt verkaufen könnte und plötzlich deine Stimme gehört. Du hast gezählt. Es klang, als würdest du im alten Kasten sitzen und da ist mir die Öffnung in der Wand dahinter aufgefallen. Dann bin ich deiner Stimme nachgegangen und irgendwann in dieses verdammte Loch gefallen.“ Sie schnaubte. „Auf was wartet ihr eigentlich? ICH WILL JETZT HIER RAUUUS!!!“

Basti wollte auf keinen Fall, dass Therese ihn und Johann bei den Eltern verpetzte. Zuerst gäbe es eine furchtbare Standpauke und dann würde sein Vater die Öffnung in der Wand zumauern lassen. Und das war‘s dann.

„Weißt du, wie cool das hier unten ist? Dieser Gang führt in ein riesiges Kellersystem“, erklärte Basti, während er sich vorsichtig auf den Bauch legte. Doch auch wenn er und Therese ihre Hände ganz weit ausstreckten, fehlte immer noch ein Meter.

„So funktioniert das nicht“, knurrte Therese, „könnt ihr nicht zwei Jacken zusammenknoten und mich rausziehen?“

Aber Johann hatte eine bessere Idee: „Ich weiß, wo eine Leiter steht. Bin letztes Mal zufällig dagegengekracht. Hat echt weh

getan.“ Er rieb sich in Erinnerung daran die Stirn und eilte davon, während Basti sich an den Rand der Öffnung hockte.

„Wo bist du da eigentlich gelandet?“ Mit der Taschenlampe versuchte er im Loch etwas zu erkennen, aber Therese stampfte mit den Füßen herum und wirbelte dabei so viel Staub auf, dass sein Lichtstrahl nicht durchdringen konnte.

„Keine Ahnung. Mein Handy ist mir bei dem Sturz aus der Hand gefallen.“ Thereses Zähne begannen zu klappern. „Ich hab nur ein T-Shirt an. Hier ist es eiskalt.“ Sie strich sich über die Arme und sah sich kurz um. „Und es riecht komisch.“

„Ist mir auch schon aufgefallen. Vielleicht ein kaputter Kanal“, überlegte Basti.

„Seit wann spielt ihr hier überhaupt?“, wollte Therese wissen.

„Seit ungefähr drei Wochen. Johanns Ball ist unter den Kasten gerollt und dabei haben wir zufällig die Öffnung in der Mauer dahinter entdeckt. Zuerst haben wir nur ein paar Schritte in den Gang gemacht. Aber dann haben wir uns richtig gute Taschenlampen besorgt. Solche, wie sie Höhlenforscher benutzen. Damit haben wir dann nach und nach die vielen Keller erkundet. Meistens spielen wir hier drinnen Verstecken. Das macht echt Spaß … zu dritt wäre es natürlich noch viel lustiger.“

„Und dabei ist euch nie jemand begegnet?“ Thereses Stimme klang zunehmend angespannt.

Basti schüttelte den Kopf. „Niemand. Hier unten scheint schon eine Ewigkeit keiner mehr gewesen zu sein. Wart mal, ich glaub, ich hör Schritte.“ Basti hielt inne und im nächsten Augenblick sah er auch schon, wie Johann eine Leiter anschleppte.

„Na endlich!“, ächzte Therese aus der Grube.

Langsam ließen die Buben die Leiter in die Tiefe gleiten. Sie hatten diese gerade oben an die Mauer gelehnt, als Johann ohne Vorankündigung auf die Leiter sprang und hinunterstieg. Basti zuckte mit den Schultern und stieg ihm hinterher. Konnte doch nicht schaden, sich da unten kurz umzusehen.

„Spinnt ihr, lass mich zuerst rauf!“, empfing Therese die beiden fauchend.

Doch Basti kümmerte sich nicht weiter um sie. Der Staub hatte sich in der Zwischenzeit etwas gelegt und langsam wurde die Umgebung sichtbar. Er nahm die Taschenlampe, die er beim Abstieg in den Hosenbund geklemmt hatte, und leuchtete an seinen Beinen hinab. Sie standen auf der Spitze eines Geröllhaufens.

„Da hast du wirklich Glück gehabt. Stell dir vor, du wärst auf dem da gelandet“, bemerkte Johann. Spitz ragte den Kindern ein Steinbrocken entgegen.

„Wo ist nur mein blödes Handy?“ Genervt blickte Therese im Kreis herum, konnte es aber nirgendwo entdecken. „Gib mal her“, brummte sie und griff nach der Taschenlampe ihres Bruders.

Aber Basti wollte lieber selbst den Raum erkunden. Seltsamerweise waren hier die Wände nicht dunkelgrau, wie in den Kellergeschoßen über ihnen, sondern in einer Art Hellbeige getüncht. Die Farbe erinnerte Basti an den Sandstrand am Meer, über den er mit seinen Eltern im letzten Urlaub jeden Morgen hatte spazieren müssen. Therese verlor die Geduld und versuchte ihrem Bruder die Taschenlampe zu entreißen.

„Bist du verrückt! Die war echt teuer. Wenn die kaputt geht.“ Doch die Taschenlampe war Basti bereits aus der Hand geglitten und kullerte den Hügel hinab. Auf halber Höhe verkeilte sie sich in einem schneckenförmigen Stein, während ihr Lichtkegel eine Öffnung enthüllte, die sich in einer Wand am Fuße des Schutthaufens auftat.

„Cool! Vielleicht ein Geheimgang? Das schau ich mir näher an.“ Und schon war Basti den Geröllhaufen zur Öffnung hinuntergerutscht und begann diese mit den Händen freizuschaufeln. Ein schlichter Steinrahmen kam zum Vorschein. „Das ist eine Türe“, rief er den anderen zu, die jetzt auch nach unten schlitterten.

„Bastian, untersteh dich da weiterzugehen!“, zischte Therese, die nun fast so klang wie ihr Vater. Sie bückte sich nach ihrem Handy, das mit der grellbunten Hülle im Geröll nicht zu übersehen war.

Doch Basti dachte gar nicht daran. Auf allen vieren zwängte er sich unter dem Türrahmen hindurch und rutschte den Schuttberg, der sich auch auf der anderen Seite der Öffnung fortsetzte, weiter nach unten. Mit den Händen voran landete er auf einem kalten, sandigen Boden. Er rappelte sich auf die Beine und gleich darauf standen auch schon die beiden anderen neben ihm.

„Bist du jetzt total übergeschnappt? Dass ihr in den Kellergewölben spielt, ist schon schlimm genug, aber das hier –“, schimpfte Therese. Doch mit einem Mal verstummte ihre Stimme und sie riss die Augen auf.

Sie standen in einem hohen Raum. In einer der Ecken gegenüber türmte sich meterhoch Schutt, aber der restliche Raum war gut erhalten. In der Mitte stand eine verschnörkelte, steinerne Bank mit einer Art Kopflehne und die Wände waren

mit allerlei fremdartigen Zeugs bemalt. Man konnte Abbilder von Menschen erkennen, die in langen weißen Gewändern irgendwelche Schalen hochhielten. Und Jünglinge mit nackten Oberkörpern, deren Häupter mit Kränzen geschmückt waren.

„Das glaub ich nicht! Wahnsinn! Ist euch eigentlich klar, wo wir hier sind?", hauchte Therese, die all ihre Vorbehalte vergessen zu haben schien. Mit der Fußspitze wischte sie etwas Sand auf die Seite und ein kunstvoll verlegter Mosaikboden kam zum Vorschein.

Johann schüttelte den Kopf. „In einem alten Museum vielleicht?"

„Im Atrium einer römischen Villa", verkündigte Therese theatralisch und genoss es sichtlich, dass die Buben keine Ahnung hatten, was das war. „Versteht ihr, wir haben ein echtes römisches Haus unterhalb von Wien entdeckt", fuhr sie fort, „und das hier ist der Wohnraum, wohingegen der Raum davor das Peristyl gewesen sein muss."

„Das Peris-was?" Mit unwissenden Augen schauten die Buben sie an.

„Der Innenhof des Hauses, der bei den Römern von Säulen umgeben war. Dieser schneckenförmige Stein, an dem wir gerade vorbeigerutscht sind, war ein Kapitell, der obere Abschluss einer Säule", erklärte Therese, als ob das die selbstverständlichste Sache der Welt wäre. Ihre Klasse hatte im Geschichtsunterricht gerade das Zeitalter der Antike durchgemacht.

Basti verdrehte genervt die Augen. Auch er wusste so einiges über die Römer. Aber musste er das gleich jedem auf die Nase binden?

„Echt wahr?", erwiderte Johann begeistert, während er eine Wandnische näher unter die Lupe nahm und sich dann einfach hineinsetzte.

„Und das hier dürfte der Hauseingang gewesen sein."
Basti deutete auf eine Türe aus massivem Holz. Mit seiner Taschenlampe suchte er nach einer Türschnalle oder einem Knauf, konnte aber nichts dergleichen entdecken.

„Was da wohl dahinter ist?", überlegte Therese. Sie schritt auf die Türe zu und hielt naserümpfend inne. „Riecht richtig streng hier. Wie verdorbene Pilze."

„Irgendwie giftig", gab Basti ihr Recht. „Das brennt." Er rieb sich die Augen.

„He, Leute! Seht euch das mal an." Johann lenkte den Strahl seiner Taschenlampe auf ein vergittertes Fenster, gleich neben der Türe. Hinter den dicken Eisenstangen tauchte ein Gesicht aus der Dunkelheit auf. Mit einem erstickten Schrei torkelte Therese zurück und trampelte dabei auf Bastis Fuß. Doch dieser nahm davon keine Notiz. Wie gebannt gaffte auch er auf das fahle Gesicht.

„Ist kein Mensch“, gab Johann Entwarnung, „schaut aber verdammt echt aus.“

Basti wagte sich näher an das Fenster heran und erkannte, was sich dahinter verbarg. Es handelte sich um die Statue eines jungen Mannes, der sie aus entsetzt geweiteten Augen anblickte. Seine Gesichtszüge waren dermaßen fein in den weißen Stein gemeißelt, dass sie kaum von denen eines echten Menschen zu unterscheiden waren.

„Das gefällt mir nicht“, stellte Therese trocken fest und wandte sich zum Gehen, doch Basti blieb stehen.

Die Luft hinter der Statue schien sich zu bewegen. Als er mit seiner Taschenlampe hinleuchtete, waberte grüner Nebel durch den Scheinwerferkegel, der von einer giftig brodelnden Lache emporstieg. Gleich daneben lag eine fast armlange Feder.

„Was ist das?“ Mit der Hand deutete er durch die Gitterstäbe, als plötzlich ein lautes Poltern sie innehalten ließ. Die Erde unter ihren Füßen begann zu zittern und ein fernes Krächzen hallte zum Fenster herein.

„Oh, oh“, stieß Johann hervor, als Therese die Buben auch schon an den Ärmeln gepackt hatte und in Richtung Ausgang zog.

„Raus hier!“, kreischte sie.

Doch Basti befreite sich aus ihrem Griff, um noch einmal einen Blick durch das Fenster zu werfen. Aus dem Augenwinkel konnte er gerade noch wahrnehmen, wie sich ein großer Schatten in einiger Entfernung hinter der Statue vorbeibewegte. Wie von der Tarantel gestochen rannte er los, den anderen hinterher.

Die Warnung

Keuchend stürzten die drei aus der Öffnung hinter dem Kasten, bahnten sich einen Weg durch das Gerümpel und hasteten die steile Treppe empor.

„Habt ihr das auch gehört?“, brach es aus Johann hervor, nachdem die Kellertüre hinter ihnen ins Schloss gefallen war und sie endlich im Erdgeschoß standen.

Therese holte tief Luft. „Glaubst du, dass da unten Obdachlose leben?“

Basti schüttelte den Kopf, während er sich nach vorne gebeugt auf seinen Knien abstützte und nach Luft rang. „Ich hab hinter dem Fenster etwas gesehen. Es sah aus wie ein, wie ein –“

„Ja, wie denn jetzt?“, wollte Johann wissen.

„Wie der Schwanz eines großen Tieres.“

„Ein Schwanz?“, fragten Johann und Therese wie aus einem Mund.

Basti nickte. „Das Ding war gelb und braun. Es hat ausgesehen wie eine Schlange, nur viel, viel dicker … Weiß nicht, ging alles so schnell.“

„In New York hat man mal einen sechs Meter langen Alligator in der Kanalisation gefunden. Der wurde als Babykroko einfach im Klo runtergespült, als das Tierchen für die Wohnung zu groß wurde", wusste Johann zu berichten. „Das könnte hier in Wien ja genauso sein, halt nur mit einer Schlange. Und jetzt haust eine ausgewachsene Riesenschlange da unten. Uääääh." Voll Ekel verzog Johann das Gesicht. „Also mich kriegt nichts und niemand mehr da runter", fügte er hinzu.

„Vielleicht haben wir uns ja alles nur eingebildet? Unser eigenes Echo gehört. Und wie bitte soll eine Riesenschlange da runter gelangen? Schließlich ist das ja noch ein gutes Stück unterhalb der Kanalisation und vor allem – wie sollte sie da überleben?" Therese hatte die Angewohnheit, alles immer logisch erklären zu wollen. „Die war bestimmt Teil der Statue. Kennt ihr nicht die berühmte Skulptur, die Laokoon und dessen Söhne im Kampf mit einer Schlange zeigt?"

Synchron schüttelten die Buben ihre Köpfe.

„Ich hab auch so eine dunkle Lache gesehen. Die hat richtig gebrodelt. Und daneben lag eine Riesenfeder." Nachdenklich runzelte Basti die Stirn.

„Die Schlange könnte verletzt gewesen sein. Ich hab mal gehört, dass Reptilienblut schwarz sein soll", überlegte Johann.

„Der Kanal wird halt irgendwo undicht sein und die Flüssigkeit ist einfach durch die Decke gesickert“, erklärte Therese besserwisserisch.

„Aber warum sollte das zischen? Und was war das für eine Feder?“, warf Basti ein.

„Keine Ahnung.“ Therese strich sich ihre langen Haare nach hinten. „Ist mir auch egal. Ich bin jetzt hungrig.“ Sie kehrte den Buben den Rücken zu und hüpfte dann über die Stufen zur Wohnung hinauf.

„Unten in Panik verfallen und hier die Lässige spielen“, murmelte Basti, dem der Fuß, auf den Therese vorhin gesprungen war, plötzlich wehtat.

Unschlüssig standen die Buben eine Weile da und schwiegen sich an.

„Das war keine Schlange“, meinte Basti schließlich.

„Vielleicht sollten wir es einem Erwachsenen erzählen“, schlug Johann vor.

„Und dann hundert Tage Hausarrest haben. Nein danke!“ Basti zupfte sich ein paar Spinnweben aus dem Haar.

„Und wenn wir es Uropa erzählen?“

„Uropa.“ Ein Lächeln huschte über Bastis Gesicht.

Uropa, so wie auch Johann ihn nannte, war der Großvater von Bastis Vater. Ursprünglich kam er aus Bulgarien. Mit nichts als dem, was er bei sich trug. Doch Uropa war fleißig und arbeitete sich hoch. Irgendwann kaufte er zuerst eine und dann ein paar Jahre später noch eine Wohnung im Haus in der Bäckerstraße, in dem sie jetzt alle lebten. Uropa wohnte im dritten Stock, Basti mit seiner Familie im ersten und Johann mit seinen Eltern dazwischen.

Von klein auf waren Basti und Johann unzertrennliche Freunde und steckten beinahe jede Minute zusammen. Sie hatten den gleichen Kindergarten besucht und waren auch jetzt gemeinsam in einer Klasse. Beide waren zehn Jahre alt, hatten im August Geburtstag und waren sehr, sehr abenteuerlustig. Und die Abenteuerlust war auch das, was sie mit Bastis Uropa verband. Als junger Mann war dieser an die entferntesten und aufregendsten Orte der Welt gereist. Von seinen Expeditionen hatte er den Kindern stets gerne und ausführlich berichtet. Vom Dschungel, über Steppen und Wüsten bis hin zu Vulkanen und Gebirgen, Urgroßvater hatte alles gesehen. Er war sogar im Himalaya-Gebirge gewesen. Und auch heute noch, mit seinen einundneunzig Jahren, war er jeden Tag draußen und streifte voller Lebensfreude durch die Stadt. Zudem war er auch im Kopf so auf Zack, dass er es mit jedem, wirklich jedem aufnehmen konnte. Sein Gesicht war übersät mit Falten, die hauptsächlich vom vielen Lachen und von der Sonne kamen. Er hatte dichtes schneeweißes Haar, das etwas länger und wilder war, als man es vielleicht von einem alten Herrn erwarten würde. Früher war es rabenschwarz gewesen, genauso wie das von Basti. Und auch die dunklen Augen, die hoch gelegenen Backenknochen und den athletischen Körperbau hatte er von ihm. Uropas Wohnung war vollgepackt mit Möbeln und Dingen aus aller Welt. Und überall stapelten sich fantastische Bücher. Oft las er den Buben daraus vor, während Basti immer wieder aufs Neue fasziniert beobachtete, wie seine Augen dabei glänzten.

Basti nickte. „Ja, lass es uns Uropa erzählen."

Er drückte den Knopf, um den Lift zu holen, als die Haustüre gegen die Wand knallte und Sahra von der Straße hereingetrampelt kam.

„Oh, oh", flüsterte Johann.

„Was schaut ihr so deppert?", fuhr Sahra die Buben an. Grob rempelte sie die beiden zur Seite und stieg in den Lift, dessen Türen gerade ratternd zur Seite glitten.

„Blöde Kuh!“, schnaubten die Buben, die beschlossen hatten, lieber zu Fuß zu gehen, als sich mit ihr den Aufzug zu teilen. Sahra war zwei Jahre älter als sie und lebte im vierten Stock des Hauses. Sie war stämmig und hatte Schultern wie ein Mann. Einige Jahre hatte sie eine Judoschule besucht und es sogar bis zur Landesmeisterin in ihrer Gewichtsklasse geschafft. Doch seit Neuestem schien sie dieser Sport nicht mehr zu interessieren. Stattdessen kümmerte sie sich um ihr Outfit und ihre Frisur. Anstelle von labbrigen Jogginghosen trug Sahra nun Kleider und Täschchen, die so gar nicht zu ihr passten. Und ihre dicken braunen Haare waren auf einmal gelockt, wofür sie offenbar Tonnen an Haarspray verbrauchte. Wenn Sahra durch das Stiegenhaus fegte, stank es so sehr danach, dass es einem den Atem verschlug. Aber das Schlimmste an ihr war, dass sie furchtbar gemein sein konnte. Seit jeher machte sie den beiden das Leben schwer, indem sie sie hinterrücks belauschte oder beobachtete. Stieß sie auf einen Fehltritt, und war dieser noch so klein, ging sie mit Wonne petzen: „Frau Zekoff, Basti hat die Bananenschale einfach in den Papiermüll geworfen. Frau Reisner, Johann hat schon wieder an den Liftknöpfen herumgespielt …“

Lautstark ließen sich die Buben über Sahras Gemeinheiten

aus, während sie in den dritten Stock stapften. Als sie vor Urgroßvaters Wohnung standen, hatten sie vor lauter Ärger beinahe vergessen, warum sie gekommen waren. Sie klingelten und hörten sogleich flinke Schritte. Mit einem freudestrahlenden „Bitte hereinspaziert" öffnete Uropa die Türe und bat sie in sein Wohnzimmer.

Erschöpft ließen sich die Buben auf die grüne Samtcouch mit den goldenen Fransen sinken, während Uropa in die Küche wuselte. Mit einem Teller voller Kekse kam er zurück und nahm auf seinem Lehnstuhl Platz.

„Oh, mit Schokostreuseln!" Glückselig griff Johann zu und nahm sich gleich eine Hand voll Leckereien.

„Hmm." Basti stockte.

„Raus mit der Sprache. Was liegt euch am Herzen?" Aufmunternd blickte Urgroßvater die Buben an.

Basti gab sich einen Ruck und sprudelte los. Er erzählte, dass sie vor drei Wochen im Keller auf eine versteckte Öffnung in der Mauer gestoßen waren, hinter der weitere Keller und Gänge verborgen lagen. Und dass sie mit Taschenlampen hineingegangen waren und dieses Labyrinth, wie sie es nannten, erforscht hatten.

„Warte mal!" Basti kramte in seinem Hosensack, zog einen gefalteten Zettel heraus und glättete ihn auf dem Couchtisch.

„Schau, hier haben wir alles eingezeichnet." Ein wenig zögerlich hielt er Uropa ihren Plan hin.

„Fantastisch! Großartig! Gut gemacht!" Uropas Augen blitzten vor Freude, als er diesen näher betrachtete. Irgendwie hatte Basti den Eindruck, als wäre das alles für ihn gar nichts Neues.

„Aber –" Basti wollte ihm gerade von dem Loch erzählen und davon, was sie darunter erlebt hatten, als Urgroßvater ihn augenzwinkernd unterbrach.

„Ihr braucht euch keine Sorgen zu machen. Bei mir ist euer Geheimnis gut aufgehoben. Wisst ihr, früher waren fast alle Keller in Wien miteinander verbunden. In jüngeren Jahren bin ich oft stundenlang darin herumspaziert. Bis unter die Staatsoper und die Hofburg bin ich vorgestoßen. Oh meine Güte, ist das lange her …" Uropas Blick schweifte verträumt in die Ferne.

„Aber", setzte Basti erneut an, „da ist noch etwas, was wir dir sagen müssen. Etwas Unheimliches ist heute da unten geschehen."

„Unheimlich!" Uropas Augen blinkten schon wieder entzückt.

„Es war so, wir haben Verstecken gespielt", fuhr Basti schnell fort, „ich war der Sucher und lief einen Gang entlang, als ich plötzlich Therese rufen hörte."

„Und ich habe mich gerade in einer Nische versteckt. Dauerte ein Weilchen, bis ich mich da wieder rausgeschraubt hatte", erklärte Johann und schob sich noch einen Schokostreuselkeks in den Mund.

Abwechselnd erzählten die Buben, was sie in der Folge erlebt hatten: Dass es ein Gerumpel gegeben hatte und danach wohl der Boden eingebrochen sei und Therese in das Loch gestürzt war. Sie erzählten von dem römischen Haus und der lebensechten Statue hinter dem Fenster. Und auch von dem Schlangenschwanz, dem beißenden Geruch, der zischenden Lache, der armlangen Feder und dem seltsamen Krächzen.

Anfangs hatte Urgroßvater noch begeistert gelauscht, aber dann war sein Lächeln nach und nach eingefroren. Stattdessen machten sich tiefe Furchen auf seiner Stirn breit und seine Miene verfinsterte sich unheimlich.

„Wie genau hat es gerochen? Wie groß war die Feder? Welche Länge hatte der Schwanz?", wollte er wissen.

„Keine Ahnung. Ich hab ihn nur aus dem Augenwinkel gesehen", stotterte Basti, der angesichts Uropas harschen Tons verwirrt war.

„Irgendwie wie verdorbene Pilze oder wie Essig, oder wie beides, nur irgendwie schärfer. Und die Feder hat nur Basti gesehen." Johann zuckte mit den Achseln.

„Und wie hat diese Statue ausgesehen?“

Basti blickte hilfesuchend zu Johann. Was sollte diese genaue Nachfragerei? „Zum Verwechseln echt“, antwortete er steif, während Johann von den weit aufgerissenen Augen berichtete, die sie so lebendig angestarrt hatten.

Uropa holte tief Luft und sah sie mit einem durchdringenden Blick an. „Geht mir ja nicht mehr da runter! Habt ihr verstanden? SCHWÖRT ES! SOFORT!“, befahl er den Buben in strengem Ton, während Basti beobachtete, wie sein Blick über die Bildergalerie an der Wand huschte. Dann wies er sie aus der Wohnung.

Seltsames geschieht

Völlig verdattert stolperten die Buben die Treppen hinab. So grimmig und hart hatten sie Uropa noch nie erlebt.

„Hast du die Sorge in seinen Augen gesehen?“, fragte Basti. „Der verheimlicht uns doch etwas.“

Johann nickte. „Irgendetwas ist da unten faul. Ganz sicher.“

„Aber was bloß?“ Basti runzelte die Stirn.

„Wir könnten mal Fakten sammeln“, überlegte Johann.

„Gut.“ Basti zog die Türe zu ihrer Wohnung auf und senkte die Stimme. „Wir haben ein Loch im Boden und ein römisches Haus.“

„In dem es mächtig stinkt“, ergänzte Johann.

Die zwei huschten den Korridor entlang in Bastis Zimmer.

„Dann ist da noch die Sache mit der Schlange“, fuhr Basti fort, „und dieser seltsamen Feder.“

„Vielleicht eine Schlange, die sich von Vögeln ernährt?“ Johann grinste.

„Vögel, da unten?“

„Na ja, vielleicht haben die sich irgendwie nach unten verirrt."

„Und was war dann dieses Gekrächze?"

„Na, ein Vogel, bevor ihn die Schlange erwischt hat."

Basti lächelte matt. „Und warum hat sich Uropa so für diese Statue interessiert? Und wonach es da unten riecht? Das ergibt doch alles keinen Sinn."

Johann schüttelte ratlos den Kopf. Verdrossen blickte er aus dem Fenster hinaus. „Und was machen wir jetzt?"

„Auf jeden Fall einen großen Bogen um den Keller."

Die Buben beschlossen, die ganze Sache vorerst ruhen zu lassen. Stattdessen wollten sie in einem Geschäft in der Nähe ein paar Dinge für die Schule besorgen. Ohne miteinander zu sprechen, trotteten sie die Sonnenfelsgasse entlang und bogen in die enge, verwinkelte Schönlaterngasse ein. Gleich ums Eck, direkt am Fleischmarkt, befand sich eine altmodische Papierhandlung. Höflich grüßend betraten sie den Laden, kramten ihre gekritzelten Listen aus den Taschen und lasen der Verkäuferin daraus vor.

„Zweimal A4-Heft, kariert, ohne Korrekturrand. Drei Packungen Tintenpatronen, blau. Zwölf Packungen Fehlersticker …"

Mit ein paar Griffen hatte die Dame die Sachen aus diversen

holzgetäfelten Schubladen gezogen. Lächelnd verstaute sie diese in einem Sack und wünschte den Buben noch einen schönen Tag.

Als Basti und Johann wieder auf dem Heimweg waren, schien auf den Straßen alles wie immer zu sein und die Erlebnisse von heute Vormittag kamen ihnen auf einmal ganz unwirklich vor. Die Sonne strahlte von oben in die engen Gassen. Tauben gurrten auf Dächern und Menschen schlenderten durch die Stadt. Basti und Johann schritten nebeneinander die Schönlaterngasse entlang, vorbei an reich verzierten, alten Häusern. In einer Biegung befand sich ein kleiner Gastgarten. Direkt davor stolperte Johann über einen seiner Schnürsenkel. Er blieb stehen und beugte sich nach unten, um diesen zuzubinden. Dabei fiel Bastis Blick über die Köpfe zweier Gäste hinweg, die es sich an einem der Tische gemütlich gemacht hatten. In die Hausmauer direkt dahinter war eine verglaste Nische eingelassen. Mit Figuren aus Pappmaschee war darin eine Geschichte dargestellt, die sich genau in dieser Gasse vor ein paar Jahrhunderten zugetragen haben soll. Die Szenerie zeigte unter anderem ein böses Monster, das in einem Brunnenschacht hockte.

Basti wollte das Ungeheuer gerade näher betrachten, als er

von einem gellenden Schrei am Ende der Gasse abgelenkt wurde. Eine Gruppe Touristen stob dort auseinander und gab den Blick auf ein Kanalgitter frei, aus dem sich einige Ratten auf die Straße zwängten. Verstört preschten die Tiere in alle Richtungen davon.

„Hast du so was schon mal gesehen?“ Mit offenem Mund beobachtete Basti zwei weitere Ratten, die sich im Kampf als erste nach oben zu gelangen ineinander verbissen.

Noch immer nach unten gebeugt schüttelte Johann den Kopf. „Spooky!“

Und plötzlich ergoss sich ein ganzer Schwall Ratten durch das Kanalgitter, die in Panik übereinander hinwegkletterten. Über das Kopfsteinpflaster hetzten sie zur anderen Seite, wo sie in einer schmalen Gasse verschwanden.

„Weißt du was, wir gehen jetzt noch mal zu Uropa und verlangen, dass er uns alles erklärt“, schnaubte Basti, dem eine nasse Ratte beinahe über die Füße gestolpert wäre.

„Genau!“, gab ihm Johann Recht, „er kann uns doch nicht so im Dunkeln tappen lassen.“

Doch als die zwei ein paar Minuten später zu Hause angekommen waren und zu Uropa hinaufeilen wollten, fing sie

Bastis Mutter im Stiegenhaus ab. „Wascht euch die Hände und beeilt euch. Das Essen steht auf dem Tisch.“

Da Johanns Eltern auch samstags arbeiteten, aß sein Freund an diesem Tag für gewöhnlich mit Bastis Familie zu Mittag.

Widerwillig folgten die Buben Bastis Mutter in die Wohnung. Es blieb ihnen wohl nichts anderes übrig, als den Besuch bei Urgroßvater auf später zu verschieben.

„Grüß dich, Johann. Wie geht‘s dir?“ Bastis Vater saß bereits am gedeckten Mittagstisch und hielt eine aufgeschlagene Tageszeitung in der Hand.

„Danke, gut“, antwortete Johann, während Therese Frittatensuppe austeilte.

„Habt ihr das gehört?“ Bastis Vater runzelte missbilligend die Stirn und tippte auf einen Artikel in der Zeitung. „Es wurden Rückstände von gefährlichen Chemikalien in der Wiener Kanalisation gefunden. Die Untersuchungen laufen auf Hochtouren. Es wird vermutet, dass irgendeine Fabrik in Niederösterreich ihren giftigen Müll gesetzwidrig in einen Fluss gekippt hat.“

Basti warf Johann einen bedeutungsvollen Blick zu, während seine Schwester gedankenverloren über ihrem Suppenteller hing. Hatte das vielleicht etwas mit dem zu tun, was sie da unten entdeckt hatten?

„Hauptsache Profit. Die schrecken vor gar nichts zurück. Richtige Gauner sind das“, murmelte Bastis Vater, während er sich gewissenhaft eine Serviette um seinen Hals band.

Bald konnte man nur noch genüssliches Schlürfen hören. Das Mittagessen plätscherte wie üblich dahin. Bastis Eltern erzählten langweilige Geschichten über dies und das, während für die Buben die Zeit nicht verstreichen wollte. Endlich erhob sich Bastis Mutter und erklärte das Essen für beendet. Unter lautem Klappern stapelten die Buben das Geschirr und brachten es in die Küche. Dann verließen sie so unauffällig wie möglich die Wohnung, bevor Bastis Mutter sie noch für den Abwasch einteilen konnte.

Über das Treppenhaus hasteten sie in den dritten Stock und Basti klingelte an der Türe. Stille. Er läutete ein zweites Mal. Doch drinnen rührte sich nichts.

„Vielleicht ist er unterwegs oder … er schläft tief und fest?“, meinte Johann, während Basti sein Ohr an die Türe presste, um besser zu hören. Nichts.

„Probieren wir‘s einfach später noch mal.“ Seufzend schritt er auf den Aufzug zu und drückte den Knopf, als Sahra in einem rosa Rüschenkleid die Stiegen vom vierten Stock heruntergetrampelt kam.

„Ihr Blödmänner blockiert den Lift!“, schimpfte sie im Vorbeigehen. Dann warf sie einen Blick auf Urgroßvaters Wohnungstüre und blaffte schnippisch: „Da könnt ihr lange warten. Der hatte es vielleicht eilig.“

Die Buben starrten einander an, während Sahra mit erhobener Nase die Treppen hinunterwatschelte.

Uropas Reisetagebuch

Draußen auf den Straßen waren bereits die Laternen angegangen und Uropa war immer noch nicht da.

„Das sieht ihm gar nicht ähnlich." Basti stieß einen tiefen Seufzer aus und klingelte Sturm.

Auch wenn Urgroßvater seinem Alter trotzte und voller Tatendrang steckte, verbrachte er doch seine Abende üblicherweise lesend zuhause. Bestimmt zehn Mal waren die Buben in den letzten Stunden zu seiner Wohnung hinaufgestapft. Und jedes Mal waren sie unverrichteter Dinge wieder hinuntergetrottet, während ihre Sorge stetig wuchs.

„Weißt du was? Wir holen den Ersatzschlüssel und schauen einmal nach", entschied Basti.

„Gute Idee", meinte Johann, der das Warten auch gründlich satthatte.

Mit dem Schlüssel aus dem Vorzimmerkästchen standen die beiden ruckzuck wieder vor Uropas Wohnung. Basti warf einen prüfenden Blick auf die Treppe, die in den vierten Stock

führte, und steckte dann so leise wie möglich den Schlüssel ins Schloss. Mit einem kaum hörbaren Klick sprang die Türe auf. Lautlos huschten die Buben in die düstere Wohnung, die nur vom fahlen Licht der Straßenlaternen erhellt wurde, und machten hinter sich rasch wieder zu. Uropa schien nicht zuhause zu sein. Basti tastete nach dem Lichtschalter und die marokkanische Hängelampe mit den bunten Gläsern tauchte das Vorzimmer in ein farbenfrohes Licht. Ohne zu wissen, wonach sie eigentlich suchten, blickten sich die Buben um. Doch zwischen den unzähligen Sachen fiel ihnen nichts Ungewöhnliches auf. Die türkisfarbene Kommode aus Indien war wie üblich mit Familienfotos dekoriert. In der Vase steckte ein Strauß Margeriten, die Uropa in der warmen Jahreszeit im Prater zu pflücken pflegte. Die Buben wollten gerade in den nächsten Raum, als Basti durch den Spalt der Badezimmertüre etwas entdeckte, das ihn stutzig machte. Sämtliche Laden waren aufgezogen und der Föhn hing kopfüber über das Waschbecken.

„Oh, oh, hier sieht's ja wüst aus", stellte Johann fest, als Basti die Türe mit der Fußspitze aufstieß. Über dem Badezimmerboden lagen Bürsten, Rasierer, Zahnpasten und allerlei Tiegel verstreut.

Der hatte es vielleicht eilig. Sahras Worte gingen Basti durch den Kopf, während er mit den Augen den Boden abgraste. Wonach hatte Urgroßvater hier nur gesucht?

Nachdenklich schlichen die Buben ins Wohnzimmer, in der Hoffnung, dort auf Antworten zu stoßen. Doch auf den ersten Blick schien alles wie immer zu sein. Vollgestopfte Regale, Möbel und Souvenirs aus aller Herren Länder und ein aufgeschlagenes Buch auf dem Couchtisch. Basti schritt zu Uropas Bibliothek, die sich gegenüber vom Sofa über die ganze Wand erstreckte. Ziellos ließ er seinen Blick über die vielen Bücherrücken wandern. Unterdessen war Johann über das Buch auf dem Couchtisch gebeugt, als er sich plötzlich an einem Schokostreuselkeks verkutzte, das er sich zu hastig in den Mund geschoben hatte.

Basti trat einen Schritt näher und erkannte Uropas Reisetagebuch. „Eigentlich dürfen wir hier nicht schnüffeln." In dem Buch hatte Uropa alles, was er im Laufe seines Lebens auf seinen Entdeckungsfahrten erlebt hatte, handschriftlich festgehalten. Immer wieder hatte er den Buben daraus vorgelesen.

Basti kniete sich neben Johann vor den Tisch. Das hier war ein Notfall, sagte er sich und begann den aufgeschlagenen Eintrag zu lesen.

2. Juni 1950, Quechualla, Peru:

Es gibt sie wirklich, wie Plinius einst geschrieben hat, Chimären!!! Ein Exemplar lebt in einem der weitläufigen Höhlensysteme hier in den Anden. Laut einem Einheimischen hat diese Chimära seit Monaten ein ganzes Dorf in Angst und Schrecken versetzt.

10. Juni 1950:

Nach einiger Vorbereitung stiegen ein paar von uns gestern Abend mit Fackeln in eine der Höhlen hinab, aus der ein verdächtiges Kreischen vernommen worden war. Abscheulicher, beißender Gestank machte uns allen das Atmen schwer, doch zumindest wussten wir, dass wir uns auf dem richtigen Weg befanden. Nach einigen Stunden beschwerlichen Fußmarsches spürten wir die etwa vier Meter lange und an die drei Meter hohe Chimära auf. Noch nie zuvor ist mir etwas derartig Hässliches und Furchterregendes untergekommen. Es gelang uns, die Kreatur zu überraschen und außer Gefecht zu setzen. Es ist kaum zu glauben, dass dieses einfache – von einem hiesigen Medizinmann empfohlene Mittel – funktioniert hat!

„Was bitte is 'ne Chimära?", fragte Johann, als Basti zu Ende gelesen hatte. Nervös zupfte er an seinen Locken herum.

„Ich glaub, das ist so ein komisches Fabelwesen." Basti zog sein Smartphone aus dem Hosensack und tippte den Begriff *Chimära* darauf ein. „Hier in Wikipedia heißt es –" Konzentriert überflog er den Text.

„Na sag schon." Johann schob sich vor Aufregung ein weiteres Keks in den Mund.

„Da steht, dass eine Chimära oder Chimäre, lateinisch Chimaera, ein Mischwesen aus der griechischen Mythologie ist. Vorne wie ein Löwe, in der Mitte wie eine Ziege und hinten wie eine Schlange oder ein Drache. Der Begriff wurde später verallgemeinert und auf andere Mischwesen ausgedehnt."

„Glaubst du allen Ernstes, dass Uropa in Peru ein Fabeltier

erledigt hat?“, fragte Johann und sprach das aus, was Basti auf der Zunge lag.

Uropa hatte zweifelsfrei viel erlebt, aber das hier konnte doch unmöglich wahr sein? Versunken in seine eigenen Gedanken stand Basti auf und begann vor dem Fenster auf und ab zu gehen, als er auf einmal innehielt. „Wie war das noch mal genau mit dieser Sage?“ Er musste plötzlich an die Nische in der Schönlaterngasse denken, an der sie heute vorbeigegangen waren.

„Welche Sage?“

„Na die von dem Untier in der Schönlaterngasse. Das war doch auch so ein Mischwesen. Es hauste im Brunnen eines Bäckers und konnte alle mit seinem Blick versteinern.“

„Ah … dieses Monster, das man nur mit einem Spiegel bezwingen konnte“, antwortete Johann mit vollem Mund und tippte dann auch auf seinem Handy herum. „Sieh mal, das schaut aus wie das Ungeheuer aus der Schönlaterngasse, nur noch grauslicher.“ Johann hielt Basti ein Bild entgegen. Es war ein Wesen aus Hahn, Kröte und Schlange.

„Richtig garstig“, stimmte Basti ihm zu.

Johann hatte im Internet eine Zusammenfassung der Sage gefunden und las daraus vor: „Hier steht, dass das

Ungeheuer, ein sogenannter Basilisk, eine Magd im Jahre 1212 beim Wasserholen beinahe zu Tode erschreckt haben soll. Daraufhin ließ sich ein mutiger Bäckergeselle vor versammelter Menschenmenge mit einem Spiegel in den Brunnenschacht hinunter, aus dem es abscheulich stank. Davor musste der Bäckermeister dem jungen Mann aber versprechen, ihm seine Tochter zur Frau zu geben, sollte er das Ungeheuer besiegen. Unten angelangt hielt er dem Basilisken den Spiegel vors Gesicht."

Basti hatte die Darstellung in der Mauernische deutlich vor Augen, die genau diese Szene der Sage beschrieb.

„Dieser erschrak vor seiner eigenen Hässlichkeit und starb, indem er auf der Stelle in tausende Stücke zersplitterte", beendete Johann die Geschichte und zupfte wieder an seinen Locken.

In den Köpfen der Buben begann es zu rattern: Der grässliche Gestank. Ein Schwanz, der einer Schlange glich. Die schwarze Lache, deren Dampf in Augen und Nase brannte. Eine armlange Feder. Dieses Krähen. Ratten, die aus Kanälen flüchteten. Uropas Reiseeintrag. Und die Tatsache, dass sie gleich neben der Gasse wohnten, wo sich damals die Sage abgespielt haben soll …

Basti und Johann tauschten entsetzte Blicke aus. War es tatsächlich möglich, dass da unten ein Basilisk hauste?

„Das würde zumindest Urgroßvaters seltsames Verhalten erklären“, überlegte Basti. Nervös strich er sich mit der Hand durchs Haar und begann – in der Hoffnung auf irgendeinen Beweis – wieder in sein Handy zu tippen.

„Vielleicht hat der Basgilisk von der Schönlaterngasse vor seinem Tod noch Eier gelegt“, fuhr Johann fort, „und das da unten, das ist einer seiner Nachkommen.“

Basti schüttelte den Kopf. „Erstens heißt das BASILISK und zweitens steht hier, dass dieses Wesen aus dem Ei eines Hahnes entsteht, das von einer Kröte oder Schlange im Mist ausgebrütet wird.“

„Das kann doch nicht sein? Wie kann ein Hahn ein Ei legen?“, überlegte Johann angestrengt.

„Und wie bitte kann es überhaupt Basilisken geben?“, seufzte Basti.

Er wusste nicht mehr, was er denken sollte, als Johann, der unterdessen eifrig auf seinem Handy nach Hahneneiern googelte, plötzlich sagte: „Seltsam, hier steht, dass der Basilisk den Schrei eines Hahnes nicht überleben soll. Dabei ist der doch selbst zu einem großen Teil Hahn. Das ist irgendwie unlogisch, oder?“

Doch Basti hörte Johanns Frage gar nicht mehr. Irgendetwas fügte sich gerade in seinem Kopf zusammen und ihm fiel plötzlich ein, wie Uropas Blick vorhin so verstohlen zu den Bildern an der Wand gehuscht war. Auf einmal glaubte Basti zu wissen, welches Mittel der Medizinmann Uropa im Kampf gegen den Basilisken geraten hatte.

Mit klopfendem Herzen schritt er auf ein kleines, gerahmtes Schwarz-Weiß-Foto zu, das ganz unten an der Wand hing. Es zeigte Uropa auf einer seiner Reisen in Peru. Er stand in einer Höhle inmitten von freudestrahlenden Männern mit Fackeln. Basti trat noch näher an das Bild heran. Auf dem Boden lagen unzählige Steinbrocken verstreut. Einer davon war besonders groß und seltsam gezackt. Er sah aus wie ein überdimensional großer Hahnenkamm. Der Mann links von Uropa hatte seinen Fuß lässig daraufgestellt. Überall konnte Basti nun Bruchstücke erkennen, die seltsam geformt waren. Von länglichen, spitz zulaufenden Steinen, die an Hühnerkrallen erinnerten, bis hin zu Brocken, deren schuppige Oberfläche Schlangenhaut glich. Und auf einem anderen Bruchstück direkt vor Uropa, das einem riesenhaften Hühnerschnabel ähnelte, hockte ein Hahn.

„Ich werd verrückt!“ Johann war auch vor das Bild getreten und starrte es an.

„Jetzt ist mir auch klar, wonach Urgroßvater im Badezimmer gesucht hat“, stieß Basti mit erstickter Stimme hervor.

„Nach einem Hahn?“ Johann wirkte verwirrt.

Kreidebleich schüttelte Basti den Kopf. „Nach einem Spiegel.“

Keine Wahl

Fluchtartig verließen die Buben die Wohnung und stürmten die Treppen hinab, während in ihren Köpfen die Gedanken rasten.

„Ich glaub's nicht. Ich glaub‘s einfach nicht. Da unten haust ein Basilisk und Uropa will den ganz allein aus der Welt schaffen“, schnaubte Basti. Wie konnte er nur so leichtsinnig sein!

„Er will uns vielleicht beschützen, bevor wir auf blöde Ideen kommen“, warf Johann ein und nahm gleich drei Stufen auf einmal. „Oder verhindern, dass das Viech raufkommt.“

„Als ob ich da je wieder freiwillig einen Fuß nach unten gesetzt hätte.“ Basti war so aufgewühlt, dass er gar nicht klar denken konnte.

Völlig außer Atem stürzten die beiden in die Wohnung und in Thereses Zimmer hinein.

„Uropa ist in Gefahr! Er ist seit Stunden da unten. Da lebt ein Basilisk, den gibt's wirklich. Und jetzt ist ihm Uropa mit einem Spiegel nach“, sprudelte es aus Basti hervor, während Johann bestätigend nickte und nach Luft schnappte.

„Ein Basilisk? So wie in der alten Sage vom Basilisken in der Schönlaterngasse? Blödsinn!“ Therese lag bäuchlings auf dem Bett und blickte gnädig von ihrem Lateinbuch auf.

„Wirklich! Uropa hat schon einmal einen gesehen“, bekräftigte Basti, „auf einer seiner Expeditionen in Peru. Er und seine Soldatenfreunde haben ihn sogar erledigt, haben wir alles in Uropas Notizen gelesen. Es gibt sogar ein Beweisfoto. Wenn du uns nicht glaubst, überzeug dich doch selbst und komm mit nach oben.“ Basti warf ihr den Wohnungsschlüssel vor die Nase, aber Therese starrte die Buben nur an.

„Seid ihr jetzt total übergeschnappt?“, zischte sie. Doch als sie ihre verzweifelten Blicke bemerkte, wurde ihre Stimme ein wenig milder: „Ich verstehe ja. Geheime Welten und so, das ist schon spannend für kleine Buben wie euch. Aber auch verboten. Ich glaube, eure Fantasie geht langsam mit euch durch. Und ich habe nachgelesen, was diese Flüssigkeit und der ganze Dampf sein könnten. Es gibt Bakterien, die sich in Stein einfressen. Eine Art organische Säure, die sich in Höhlen bildet und einen ziemlich üblen Gestank erzeugt.“

„Und dieses komische Krächzen? Das hast du doch auch gehört. Du warst es doch, die uns in heller Panik davongezogen hat“, entgegnete ihr Johann.

LUFT
3.12.
KEEP OUT

„Weißt du eigentlich, wie viele dampfende und zischende Fernwärmeleitungen und löchrige Kanäle es da unten gibt?“, fragte Therese in belehrendem Ton.

„Das ist mir wurscht!“, schrie Basti. „Verstehst du es nicht? Uropa ist in Gefahr. Ich werde es nicht zulassen, dass ihm etwas passiert.“ Warum wollte es Therese nicht kapieren?

„Ich weiß nur, dass ich am Montag Lateinschularbeit habe und mich von euren Hirngespinsten nicht mehr ablenken lassen werde.“

„Aber was ist mit dem Foto und seinen Aufzeichnungen? Glaubst du Uropa etwa auch nicht?“, versuchte Basti sie in einem letzten verzweifelten Versuch zu überzeugen.

Therese blickte ihn verständnislos an. „Wir wissen doch alle, dass Uropa oft übertreibt.“ Mit diesen Worten wandte sie sich wieder ihrem Lateinbuch zu und büffelte Vokabeln: „Civitas – Stadt; tenebris – dunkel; Romanus – Römer …“

Beinahe ohnmächtig vor Wut kehrte Basti seiner Schwester den Rücken zu und zog Johann mit sich davon.

„Wir müssen etwas unternehmen“, erklärte er, kaum hatten sie sein Zimmer erreicht und die Türe hinter sich geschlossen.

„Und wenn wir es doch unseren Eltern erzählen?“, überlegte Johann.

„Dann werden sie denken, wir wären verrückt geworden, und werden uns daran hindern, wieder hinunterzugehen“, antwortete Basti. In seinem Kopf schwirrte es, als hätte dort jemand einen Schwarm Bienen aufgeschreckt.

„Du willst doch nicht etwa –“ Johann starrte ihn an. „Und was, wenn wir da un-t-t-t-ten alle …“, stotterte er.

„Daran dürfen wir gar nicht denken. Ohne uns ist Uropa vielleicht für immer verloren.“ Basti holte tief Luft und seine Augen nahmen einen entschiedenen Ausdruck an. „Bist du dabei?“

Fahrig strich sich Johann die rotblonden Locken aus dem mittlerweile schneeweißen Gesicht. Er seufzte und nickte. „Bin dabei.“

Nur wenige Minuten später stahlen sich die Buben aus der Wohnung.

„Jetzt hätte ich gerne einen Hahn dabei, aber das muss es auch tun!“ Basti schleppte einen Wandspiegel, den er über dem Vorzimmerkästchen abmontiert hatte, während Johann mit einem kleinen Handspiegel bewaffnet war.

Sie huschten die Treppen hinunter ins Erdgeschoß. Johann hatte bereits die Klinke der Kellertüre hinuntergedrückt, als Sahra das dritte Mal an diesem Tag ihren Weg kreuzte.

„Nicht wieder die“, stöhnte Basti und zwang sich zu einem Lächeln. Ärger mit ihr war das letzte, was sie jetzt gebrauchen konnten.

„Was habt ihr denn vor?“ Bedrohlich schwang Sahra einen prall gefüllten Mistkübelsack, während sie mit der anderen Hand den Riemen ihrer Tasche strammzog.

„Gar nichts.“ Auch Johann überwand sich zu einem Lächeln, das allerdings in die Hose ging.

„Ich bin doch nicht blöd!“ Sahras Blick wanderte auf die Taschenlampen, dann zu den Spiegeln und schließlich hinüber zur Kellertüre. „Ihr wollt irgendeine lächerliche ‚Story‘ im Keller abziehen, stimmt’s?“, äffte sie die beiden mit einem hämischen Grinsen nach. „Raus mit der Sprache!“ Mit einem schadenfreudigen Ausdruck auf dem Gesicht baute sie sich vor der Kellertüre auf. „Ich habe Zeit“, säuselte sie in süßlichem Ton.

Basti und Johann tauschten ein paar Blicke. Sie wussten genau, was zu tun war. Blitzschnell legten sie ihre Sachen zur Seite und packten Sahra, die zu überrascht war, um sich mit einem Judogriff loszureißen. Unter größter Anstrengung schleiften sie sie in den Mistkübelraum, der sich hinter drei Türen gleich neben dem Heizraum befand. Irgendwie

schafften sie es, Sahra, die jetzt um sich schlug, zwischen zwei Abfalltonnen abzustellen. Dann stürzten sie selbst aus dem Raum und verriegelten rasch die Türe.

„Das werdet ihr bereuen! WIR SEHEN UNS WIEEEEEDER!“ Von drinnen konnten sie Sahra hören, wie sie gegen die Eisentüre hämmerte, aber der Lärm der Heizanlage im Raum nebenan übertönte rasch ihr Gebrüll.

„Ich hoffe, jemand lässt sie bald wieder raus“, hauchte Basti und bückte sich nach seinem Spiegel.

Mit weichen Knien rannten die Buben die steile Kellertreppe hinab und kämpften sich durch das Gerümpel zu dem Kasten. Basti stockte. In ihrer Panik hatten sie diesen heute einfach stehen gelassen. Jetzt befand er sich wieder auf seinem Platz, sodass die Öffnung verschlossen war. Uropa musste ihn von der anderen Seite zurück an die Wand gezogen haben.

Gemeinsam rückten die Buben den Kasten zur Seite. Basti und Johann warfen einander einen Blick zu, der Mut machen sollte, und betraten den geheimen Gang.

Gefangen in der Unterwelt

Schweigend liefen die Buben den elendslangen Tunnel entlang. Immer wieder hielten sie inne und lauschten, doch bis auf ihre pochenden Herzen und das eigene Keuchen konnten sie nichts hören. Der Weg kam ihnen länger vor, als sie ihn in Erinnerung hatten, aber schließlich gelangten sie zu dem Quergang, in dem der Boden eingestürzt war.

„Da vorne!“ Basti verlangsamte seine Schritte. Als die Öffnung im Lichtkegel seiner Taschenlampe erschien, schwand sein Mut für einen Augenblick dahin. War das nicht Wahnsinn?

Doch sofort verdrängte er den Gedanken und stieg in das Loch. Johann folgte ihm, leise ächzend. Vorsichtig tastete sich Basti den Schuttberg hinab. Mit einem Spiegel unter dem Arm war das aber gar nicht so einfach, schon nach zwei Schritten gab das Geröll unter seinen Füßen nach. Er verlor den Halt und purzelte den Hügel nach unten. Unsanft landete er im Atrium des Hauses, doch der Spiegel blieb wie durch ein Wunder ganz. Eine Minute später stand Johann neben ihm.

Auf Zehenspitzen schlichen die Buben an den Wandmalereien vorbei, für die sie sich dieses Mal kein bisschen begeistern konnten. Sie duckten sich unter dem vergitterten Fenster hinweg, wobei Basti es tunlichst vermied, die unheimliche Statue anzublicken, und gelangten zu der massiven Holztüre.

Johann kratzte sich am Kopf. Dann trat er einfach dagegen und die Türe kippte in Zeitlupe nach hinten. Zuerst war ein langgezogenes Ächzen zu hören und gleich darauf schlug sie mit einem lauten Knall auf dem Boden auf.

„Da können wir uns dem Basilisken ja gleich zum Fraß vorwerfen“, stöhnte Basti.

„Sorry, die war anscheinend locker.“ Johann zuckte mit den Achseln.

„Kannst du vorausleuchten?“, flüsterte Basti und steckte seine Taschenlampe in den Hosenbund. Mit beiden Händen hob er den Spiegel an. Er wollte gerade über die Türe steigen, als ihn auf einmal jemand am Kragen packte.

„WAS FÄLLT EUCH EIN! NOCH EINMAL HIER RUNTER ZU SCHLEICHEN! HABT IHR NOCH ALLE TASSEN IM SCHRANK?“ Thereses schrille Stimme hallte durch den Raum. Energisch zerrte sie ihren Bruder zurück und packte am Weg auch noch Johann, der genauso verblüfft dreinblickte wie vorhin Sahra.

„Spinnst du? Lass mich sofort los!“, zischte Basti, doch Therese dachte nicht im Traum daran.

„Schluss mit dem Blödsinn. Mir reicht’s. Das sag ich Papa.“ Sie kochte vor Wut.

Da Basti sich mit dem Spiegel in den Händen nicht wehren konnte, versetzte er seiner Schwester einen Tritt. Therese heulte kurz auf und ließ ihn los. Auf einem Bein humpelte sie im Kreis, während sie das andere anzog und mit der Hand umklammerte. Dabei verlor sie das Gleichgewicht, taumelte zurück und donnerte gegen eine Holzsäule. Im nächsten Augenblick knackste es im Gebälk. Zuerst leise, dann immer lauter. Und dann gab es einen Knall. Während Therese immer noch ihr Schienbein massierte und Johann fasziniert auf den immer größer werdenden Riss in der Säule starrte, hatte Basti die Situation sofort erfasst und schrie: „RAUUUS!“

Die Kinder hechteten über die am Boden liegende Türe hinweg aus dem Haus und ein paar Stufen hinab, während hinter ihnen Steinmassen und Holzbalken nach unten polterten. Doch so schnell wie alles begonnen hatte, war es auch wieder vorbei. Sprachlos vor Entsetzen starrten sie auf das Gebäude, dessen Eingang jetzt unter Trümmern begraben lag.

„Oh, oh!“, schnaufte Johann.

Am ganzen Körper zitternd wandte sich Therese ihrem Bruder zu. „Das wollte ich nicht.“

Johann versuchte indessen, einen Steinbrocken zur Seite zu schieben, der sich jedoch keinen Millimeter bewegte. „Und was machen wir jetzt?“, piepste er.

Basti fühlte sich, als würde einer der Steine in seinem Magen liegen, doch er riss sich zusammen. Konzentriert blickte er sich in der Düsternis um. „Wenn wir hier wieder rauskommen wollen, dann müssen wir zusammenhalten.“ Mit beiden Händen hielt er schützend den Spiegel vor sich, jederzeit gefasst auf einen Angriff des Basilisken. Er wandte sich zu Johann, der seine Lampe wieder auf die Stelle gerichtet hatte, wo sich gerade eben noch die Türe des Hauses befunden hatte. „Kannst du einmal in alle Richtungen leuchten, damit wir sehen können, wo wir hier sind?“

Zaghaft ließ Johann den Schein seiner Lampe ringsum über den Boden gleiten und dann in die Ferne.

Den Kindern stockte der Atem: Sie standen am Rande eines Platzes, der unregelmäßig mit Steinplatten gepflastert war. Rundherum war dieser mit Häusern gesäumt, die alle mit massiven Holztüren versehen waren. Da und dort waren

Wände eingestürzt, als hätte jemand mit einem Rammbock dagegengestoßen. Aber der Großteil der Behausungen war gut erhalten. Vor den Gebäuden ragten überall Halterungen aus dem Boden, in denen abgebrannte Fackeln steckten. Am gegenüberliegenden Ende des Platzes erhob sich ein mächtiges Gebäude mit einem ausladenden Dach, das von sechs schlanken Säulen getragen wurde. Es thronte über einer weiten Treppe.

„Irre! Ist das eine römische Siedlung?“, flüsterte Basti. Es war, als würde die Zeit stillstehen. Wie in einer Blase, in der man alles rundherum vergaß. Und auch den anderen schien es ähnlich zu ergehen.

„Zuerst eine römische Villa und jetzt das hier“, hauchte Therese überwältigt.

„Megacool!“ Johann schwenkte seine Taschenlampe in die Finsternis über ihren Köpfen und bekam den Mund vor Staunen nicht mehr zu.

Erst jetzt erkannten die Kinder, dass sie sich in einer riesigen, natürlichen Höhle befanden. Die Häuser rund um den Platz schmiegten sich an felsige Wände. Von der Decke hingen Tropfsteine in allen Größen herab, die an funkelnde Eiszapfen erinnerten.

„Wisst ihr eigentlich, was das bedeutet?“ Johanns Augen

begannen zu glänzen, während er nun wieder in Richtung Tempel leuchtete. „Wir werden in den Geschichtsbüchern als Entdecker aufscheinen: Im Kellersystem von Wien fanden drei Kinder namens Johann …“

Wasser tropfte von einem der Zapfen auf Johanns Stirn und er verstummte. Basti hob den Spiegel wieder an und spähte in die Dunkelheit. Und auch bei den anderen war die Begeisterung wie weggeblasen. Therese drehte sich hilfesuchend im Kreis, während Johann an seinen Locken zupfte.

„Wir haben keine Deckung. Hier ist es viel zu gefährlich.“ Basti nickte in Richtung Tempel. „Lasst uns dort rübergehen. Wenn ich Uropa wäre, dann hätte ich mich dort drinnen versteckt.“

Er holte tief Luft und setzte sich in Bewegung. Die anderen folgten ihm. Ohne zu reden huschten die drei über den Platz, auf dem es unheimlich still war. Er hatte etwa die Größe eines halben Fußballfeldes. In der Mitte befand sich ein Brunnen. Als sie daran vorbeischlichen, hielt Basti inne. Unwillkürlich musste er an die Sage denken und es rann ihm kalt über den Rücken. Trotzdem beugte er sich, unter dem Protest der anderen, über den Brunnenrand.

„Wir müssen uns doch vergewissern, dass Uropa nicht da

runtergestiegen ist." Mit der Taschenlampe leuchtete er in die Schwärze hinab und erkannte einen ungefähr zehn Meter senkrechten Schacht, der in dunkles Wasser mündete. In dessen Mitte ragte ein Steinbrocken heraus, offenbar war das Wasser nicht sehr tief. An der Schachtwand war eine rostige Leiter verankert, die bis nach unten führte und alles andere als zuverlässig aussah.

Die Kinder ließen den Brunnen hinter sich und umrundeten ein paar Pfützen, aus denen grünliche Schwaden quollen. Der scharfe Gestank trieb ihnen Tränen in die Augen. Basti blinzelte, während er den Spiegel mit ausgestreckten Armen vor sich hielt. Obwohl Therese den Buben das mit dem Basilisken noch immer nicht abnahm, erschrak sie, als Basti den Spiegel einmal kurz sinken ließ, um seinen Armen eine Pause zu gönnen. Hier unten war es kalt und dennoch waren die Kinder schweißgebadet, als sie zu der Treppe gelangten, die zu dem Tempel hinaufführte. Das Gebäude wirkte aus der Nähe noch beeindruckender. Gut fünfzehn Meter ragte es in die Höhe und berührte beinahe die Tropfsteine, die von der Decke hingen. Dahinter verschmolz der Tempel mit der Höhlenwand. Das Bauwerk erinnerte Basti an Bilder von Felsentempeln in der Wüste.

Eng aneinandergedrängt schlichen die Kinder die breiten Stufen empor, die von zwei weißen Steinlöwen flankiert waren. Basti sträubten sich die Haare. Die Tiere waren jeweils in unterschiedlichen Körperhaltungen dargestellt, doch sie sahen nicht wild und majestätisch aus, wie man das von Löwen erwarten würde. Blanke Angst spiegelte sich in ihren weit aufgerissenen Augen. Basti warf Johann einen Seitenblick zu, der seine Augen auch nicht von den unheimlichen Löwen lassen konnte. Schließlich erreichten sie den oberen Treppenabsatz und standen zwischen zwei Säulen. Der Eingang des Tempels lag jetzt wie ein schwarzes Rechteck vor ihnen.

Das Geheimnis des Tempels

Die Kinder schritten auf das offene Tor zu.

„Und denkt ja immer daran, den Blick nach unten zu richten, wenn ihr etwas hört“, schärfte Basti den anderen ein.

Johann hatte sich noch dichter an seine Seite gepresst, während Therese sich von hinten an sein T-Shirt klammerte.

„Und wie bitte können wir ihn dann erledigen, wenn wir nicht wissen, wo er ist?“, flüsterte Johann verwirrt.

„Keine Ahnung. Schau einfach zu Boden. Ich schätze, die Füße dürfen wir ja sehen, oder?“ Wie ein Blitz traf Basti der Irrsinn ihres Planes. Ein riesiges Monster nur mit Spiegeln zu bezwingen war schon schwierig genug. Aber nicht einmal danach Ausschau halten zu dürfen, war einfach nur wahnwitzig.

„Gl-laub-bst du, dass der da drinnen ist?“, stammelte Johann, der doch seitlich am Spiegel vorbeigeblinzelt hatte. Mit zitterndem Lichtstrahl deutete er in die Schwärze des Tempels hinein, während er mit der anderen Hand den Griff seines Spiegels umklammerte.

„Jetzt hört schon auf mit diesem blöden Basiliskenzeugs." Thereses Stimme bebte.

„Psst!" Basti deutete den beiden leise zu sein.

Die zwei verstummten und alle spitzten die Ohren. Nichts. Stille.

„Kommt!", flüsterte Basti.

Er wagte sich durch das Tor, Johann und Therese im Schlepptau. Der Gestank war hier drinnen noch schlimmer. Basti hatte das Gefühl, etwas schnüre ihm die Kehle zu. Und auch Johann und Therese schnappten nach Luft. In ständiger Erwartung eines Angriffs tasteten sich die Kinder immer weiter voran. Doch nichts tat sich. Durch den Mantel der Stille, der sich allmählich um ihre Ohren gelegt hatte, drang lediglich das vorsichtige Tappen ihrer eigenen Schritte.

„Wenn der hier drinnen wäre, dann hätte er uns doch schon längst angegriffen", ächzte Johann und leuchtete auf etwas, das wie ein großer Marmoraltar aussah.

Bastis Blick blieb an einer Wandmalerei hängen, die sich gleich dahinter über die gesamte Breite des Tempels bis unter die Decke erstreckte und verschiedene Szenen zeigte. Direkt vor ihnen kämpfte ein Mensch, gesenkten Hauptes und lediglich mit einem metallenen Schild bewaffnet, gegen ein

Unwesen, das mindestens doppelt so groß war wie er selbst. Es hatte den Oberkörper eines Hahnes und den Unterleib einer sich ringelnden Schlange. Im Unterschied zu dem Basilisken aus der Sage besaß dieses Ungeheuer nicht die Hinterbeine einer Kröte, sondern lief auf zwei Vogelfüßen. Drei spitze Krallen waren nach vorne gerichtet, während die vierte mit einem langen Dorn versehen war und wie ein Dolch nach hinten stand. Ein Paar rotglühender Augen funkelte aus dem bösen Hahnengesicht.

„Wahnsinn, ist der groß", hauchte Basti, doch Johann schenkte seiner Bemerkung keine Beachtung.

Stattdessen zupfte er wie verrückt an Bastis Ärmel und deutete mit der Taschenlampe zur Seite. Basti wandte sich um. Gleichzeitig ließ Therese vor Schreck ihr Handy fallen. Es prallte ein paar Mal vom harten Boden ab, wobei sich die Plastikhülle mit den pink-giftgrünen Smileys löste und zerbrochen liegen blieb. Therese hob rasch das Smartphone auf. Den Kindern bot sich ein grauenerregendes Bild: Hier standen überall in Uniform gekleidete Statuen, die so aussahen, als hätte man lebendige Menschen mitten in ihrer Bewegung eingefroren. Lediglich die weiße Farbe der Oberfläche verriet, dass es sich um blanken Marmor handelte. Keine Gestalt glich der anderen. Einige hielten sich die Hände vors Gesicht,

andere hatten ihre Augen vor Schreck geweitet. Wieder andere lagen am Boden und wirkten, als wollten sie sich in Sicherheit bringen.

Therese griff sich auf den Mund und wisperte durch die Finger: „Meinst du, das waren alles mal Menschen?"

„Wie oft muss ich dir noch sagen, dass wir es hier mit dem Monster aus der Basiliskensage zu tun haben?!", zischte Basti. Selbst schlotternd wandte er sich wieder dem Wandbild zu. „Kannst du uns übersetzen, was da geschrieben steht?"

Therese nickte. Mit blutleeren Lippen begann sie den lateinischen Text zu studieren. „Soweit ich das verstehe, wird hier die Geschichte dieser verlorenen Seelen erzählt. Offenbar handelte es sich bei diesen Menschen um römische Legionäre." Sie blickte zu einer Statue, die gleich neben ihnen stand und deren Hände flehend zum Himmel gerissen waren.

„Woher weiß man eigentlich, wie ein Basilisk aussieht, wenn man ihn nicht ansehen kann, ohne zu Stein zu erstarren? Und tot kann dieses Untier ja auch niemand gesehen haben, wenn es bei seinem eigenen Anblick in tausende Splitter zerspringt", flüsterte Johann, während er dem Mischwesen auf dem Bild einen widerwilligen Blick zuwarf.

„Von den Menschen, die ihm nicht direkt in die Augen

geblickt haben“, mutmaßte Basti, als ihm etwas auffiel. Er machte ein paar Schritte nach vorne und umrundete den Altar. Johann und Therese folgten ihm.

„Sieht aus, als hätte der Basilisk die Tempelwand von hinten eingedrückt“, hauchte Therese mit unnatürlich hoher Stimme.

Ein riesiges Loch klaffte direkt vor ihnen in der Mauer und wuchtige Steine lagen davor auf dem Boden verstreut. Ungefähr einen Meter daneben befand sich eine eiserne Türe, die mit massiven Bolzen verankert war. Ein kleines Stück weiter ragte ein armdickes Rohr aus der Wand. Dieses war mit einem kupfernen Trichter verbunden, der nach oben hin offen war. Alles fügte sich perfekt in die Wandmalerei dahinter ein. Die Szenerie zeigte Menschen in augenlosen Masken, die irgendeine Flüssigkeit aus Amphoren in den Trichter gossen. In der Düsternis war ihnen all das vorhin nicht aufgefallen.

„Was tun die da? Sieht echt schaurig aus!“, wispelte Johann.

Basti schüttelte langsam den Kopf. Auch er verstand nicht, was dieses Bild darstellen sollte. Doch darüber nachzudenken, war es jetzt nicht an der Zeit. „Auf was wartet ihr? Kommt schon!“ Er presste die Lippen zusammen, um sich seine Angst nicht anmerken zu lassen und marschierte in Richtung der herausgebrochenen Wand.

„Los jetzt!“ Mit diesen Worten versuchte Johann sich offenbar selbst Mut zu machen. Er stapfte über einen Mauerbrocken hinweg und stieß sich das Knie an. Leise fluchend stakste er Basti durch die Öffnung hinterher, dicht gefolgt von Therese, deren kreidebleiches Gesicht den Statuen um sie herum Konkurrenz hätte machen können.

Die Kinder standen nun auf der anderen Seite der Mauer. Johann ließ den Schein seiner Taschenlampe in alle Richtungen huschen, während Basti den Spiegel bereithielt. Und wieder vergaß er für einen Augenblick, warum er hier war: Sie standen in einer Höhle, deren Vorderseite gleichzeitig die Rückwand des Tempels bildete. Rundherum gab es sonst nur Wände aus schroffem Stein, die nach oben hin schräg zusammenliefen. Genau gegenüber der Tempelwand war eine dunkle Öffnung im Felsen zu sehen. Ein Tunnel, der anscheinend noch tiefer in den Berg führte.

„Schaut euch das mal an. Die sehen aus wie die Feuerschale, die bei meinem Onkel im Garten steht, nur viel größer.“ Johann hatte die Taschenlampe wieder auf die Rückseite des Tempels gerichtet. In knappen Abständen standen hier Kupferschalen dicht an der Wand. An einer Stelle ragte ein Rohr aus der Mauer. Es teilte sich in mehrere dünnere Rinnen auf, die jeweils in eine der großen Schalen führten. „Riecht nach ranzigem Öl.“ Johann hatte in eine der Feuerschalen gegriffen und schnupperte an seinem Finger.

„Und warum stehen die hinter dem Tempel?“, überlegte Therese.

Nachdenklich trat Basti an die Wand heran und untersuchte deren Oberfläche. Er legte seine Hand darauf. Metall. In diesem Moment fiel es ihm wie Schuppen von den Augen. „Das war einmal eine polierte Eisenfläche. Dürfte rostig geworden sein. Über den Trichter und das Kupferrohr haben die Menschen auf der anderen Seite im Tempel Öl nachgefüllt. Und die Feuerschalen sorgten dafür, dass es in diesem Teil der Höhle immer hell war. Versteht ihr, damit der Basilisk in sein Spiegelbild blicken musste, wenn er hier vorbei wollte.“

Johann und Therese sahen ihn mit großen Augen an, aber langsam begann auch ihnen zu dämmern, wozu das alles diente.

Basti fuhr fort: „Ich hab die ganze Zeit überlegt, was die Römer hier unten wollten. Ich dachte zuerst, das hier wäre vielleicht eine Art Rückzugsort vor den Germanen. Das war es nicht und es handelte sich hier auch nicht um eine gewöhnliche Siedlung, oder um ein Heerlager. Die gesamte Anlage war wohl so eine Art Schutzwall gegen den Basilisken, um ihn hier drinnen in Schach zu halten.“ Er deutete auf das dunkle Loch.

„Viel Glück hatten sie damit aber anscheinend nicht“, warf Johann ein und Basti musste an die Statuen der armen Legionäre denken.

„Der Basilisk müsste dann ja schon ungefähr 2000 Jahre alt sein“, flüsterte Therese.

„Aber warum hat er erst jetzt probiert hier rauszukommen?“ Johann kratzte sich am Kopf.

„Vielleicht ist das wie bei den Elefanten in Indien: Wenn sie lang genug in Ketten gelegt sind, laufen sie nicht mehr davon, weil sie es so gewohnt sind“, überlegte Basti, als Johann auf einmal ein Päckchen Streichhölzer aus seiner Hosentasche zog.

„Hab ich immer dabei“, erklärte er auf Thereses fragenden Blick hin. Er entzündete ein Hölzchen und warf es in die Schale.

Es machte FLUSCH und dann gleich noch einmal FLUSCH, FLUSCH, FLUSCH. Und schon loderten Flammen in sämtlichen Schalen in die Höhe und tauchten die Gesichter der Kinder in flackerndes Licht. Offenbar war überall noch etwas Öl vorhanden und das Feuer hatte sich seinen Weg durch die Leitungen gebahnt. Plötzlich bebte der Boden. Die Schalen begannen zu vibrieren. Von Johann war nur ein leises „Oh, oh“

zu hören. Besorgt wandten sich die Kinder der Höhle zu. Das Zittern schwoll zu einem tiefen, vollen Klang an und erstarb dann allmählich.

„Ich will endlich hier rauuus!“, heulte Therese.

„Das hättest du dir überlegen müssen, bevor du das Haus kaputt gemacht hast“, erwiderte Johann nervös.

„Wenn Basti mir nicht gegen das Schienbein getreten hätte, dann ständen wir jetzt nicht hier“, maulte sie zurück.

„Leise! Seid ihr verrückt?“, fuhr Basti dazwischen und blickte hinüber zum Höhleneingang, der jetzt wie ein böses, schwarzes Maul aussah. „Uropa würde die Hoffnung niemals aufgeben. Mit ein bisschen Glück finden wir ihn und dann schaffen wir es auch gemeinsam hier raus.“ Er steuerte auf den Tunnel zu. „Da lang!“, kommandierte er, während sich seine Eingeweide schmerzhaft zusammenkrampften.

„Sag mal, tickst du noch richtig?“, fauchte Therese. „Du willst dem doch nicht nachlaufen?“

„Der Zugang durch die Villa ist verschüttet. Was willst du denn sonst machen? Hier alt werden? Und Uropa muss da drinnen sein, sonst wären wir ihm schon längst begegnet.“

Therese schüttelte verzweifelt den Kopf, während Basti sich wieder umdrehte.

Die Höhle des Ungeheuers

Schulter an Schulter betraten die Kinder die Höhle. Vor ihnen erstreckte sich ein pechschwarzer Gang, der an einen grob geschlagenen Bergstollen erinnerte. Schweigend tasteten sie sich die zerfurchten Felswände entlang, aus denen im Schein von Johanns Taschenlampe die merkwürdigsten Formen und Schatten hervortraten. Unzählige Rattenskelette säumten ihren Weg. Aus dem mit losem Geröll übersäten Boden ragten grobe Felsen und spitze Steine hervor. Dazwischen standen giftige Pfützen, die nur allzu leicht zu übersehen waren. Hochkonzentriert achteten sie darauf, in keine hineinzutreten. Der beißende Gestank wurde mit jedem Schritt unerträglicher und es war klirrend kalt. Bald waren ihre Glieder steif gefroren. Aber das Allerschlimmste war die drückende Stille, die sie in dieser Höhle umschloss.

Basti konnte das Gefühl nicht abschütteln, dass sie beobachtet wurden. In regelmäßigen Abständen blickte er über seine Schulter zurück, während er den Spiegel wachsam bereithielt.

„Der elendslange Tunnel ist nichts dagegen“, stöhnte Johann, als sie einige Minuten später auf eine Abzweigung stießen.

Zaghaft leuchtete Johann in die düsteren Gänge. Nach einer leichten Steigung verlor sich der linke Stollen in einer Kurve, während der andere geradeaus weiterlief.

„Hoffentlich ist das hier nicht so ein verflixtes Labyrinth wie das des Minotaurus“, jammerte Therese.

„War das nicht auch so ein Mischwesen?“, piepste Johann.

„Ja, allerdings halb Stier und halb Mensch“, flüsterte Basti und Johann schluckte.

Aufs Geratewohl entschieden sich die Kinder für den rechten Tunnel. Sie waren diesen nur ein kurzes Stück entlanggegangen, als sie etwas entdeckten: In einer Spalte in der Decke steckte eine riesige, zerrupfte Feder. Johann hob seine Taschenlampe an und machte ein paar Schritte darauf zu. Doch das war ein Fehler. Zu spät sah er die Kluft, die sich plötzlich vor seinen Füßen auftat. Er verlor das Gleichgewicht, kippte nach vorne und ruderte hilflos mit den Armen durch die Luft. Basti, der direkt hinter ihm stand, konnte ihn gerade noch am Kragen erwischen und zurückziehen. Dabei glitt Johann der Spiegel aus der Hand und fiel in die Tiefe. Mit schlotternden Knien leuchtete er diesem in die Schwärze hinterher. Alle hielten den

Atem an und lauschten. Doch es war kein Aufprall zu hören – NICHTS.

Wie versteinert standen die Kinder da und starrten in das bodenlose Loch, an dessen Wänden Kratzspuren zu sehen waren. Irgendetwas Schweres musste sich aus der Tiefe hier hochgezogen haben.

„Ob der da unten haust?“, hauchte Johann.

„Jedenfalls scheint er gut klettern zu können.“ Basti wurde bei dem Gedanken ganz schlecht, doch wieder riss er sich zusammen. „Lasst uns schnell umkehren. Hier kann Uropa nicht gegangen sein.“

Nur noch mit einem Spiegel bewaffnet, hasteten die Kinder zurück zu der Stelle, wo sich die Höhle gabelte, und schlugen den Weg in den anderen Tunnel ein. Nach einer scharfen Kurve führte dieser in Serpentinen weiter bergauf.

„Wenn ihr mich fragt, hat der sich über die Jahrhunderte wie ein Wurm nach oben gegraben“, flüsterte Basti. Seinem Gefühl nach mussten sie sich unmittelbar unter den Kellern der Bäckerstraße befinden.

„Wenn ich mir vorstelle, dass wir direkt darüber gespielt haben …“ Johann beutelte sich wie ein nasser Hund, als Therese einen kehligen Würgelaut ausstieß.

Vor ihnen hing etwas quer über den Weg, ähnlich einer Girlande. Den Buben quollen vor Ekel beinahe die Augen heraus: Es war eine Schlangenhaut, so dick wie ein Baumstamm. Dottergelbe Zacken zeichneten sich auf der offenbar noch frischen Schuppenhülle ab.

„Ich will auf der Stelle hier raus!“ Therese begann zu heulen.

Der Satz kam Basti bekannt vor. Er nahm seine Schwester an der Hand und zog sie weiter, während ihm das Herz wild gegen die Brust hämmerte.

Alle drei waren mittlerweile am Ende ihrer Kräfte angelangt. In der Dunkelheit und Kälte hier unten gefangen zu sein, war schon schlimm genug. Doch die Tatsache, dass hinter jeder Ecke der Basilisk lauern konnte, war schier unerträglich. Nur mühsam schleppten sie sich weiter, den Höhlengang stetig bergauf.

„Was war das?“ Johann blieb stehen und spitzte die Ohren.

Auch Basti hatte das Geräusch bemerkt. Angespannt lauschten die Kinder in die Dunkelheit des Tunnels.

Nach einer Weile schüttelte Basti den Kopf und sie setzten sich wieder in Bewegung. Plötzlich war wieder etwas zu hören, es klang wie ein Tappen. Aber jedes Mal, wenn sie innehielten, verstummte das Geräusch.

„Ich glaub, der schleicht uns nach.“ Blitzschnell wandte sich Johann um und leuchtete abwärts in den Gang – nichts, nur eine leere Röhre.

Basti riss Johann herum. „Bist du verrückt? Wenn du dem in die Augen schaust, dann geht's dir wie den römischen Soldaten!“

„Warum sollte uns der Basilisk nachschleichen?“, hauchte Therese.

„Vielleicht hat er Angst vor Menschen. Er lebt hier schließlich seit Ewigkeiten ganz allein“, antwortete Basti in nicht sehr überzeugendem Ton.

„Oder vielleicht ist er hinterhältig und hat Spaß daran, uns auf die Folter zu spannen“, murmelte Johann.

TAPP. TAPP. TAPP.

Wie auf Kommando schnellten die Kinder herum. Und jetzt sahen sie eine Bewegung – ganz hinten im Tunnel trat eine Gestalt aus dem Schatten heraus. Im nächsten Augenblick hörten sie ein Krähen, das unmissverständlich nach ANGRIFF klang.

Blitzartig drehten sich die Kinder um und rannten um ihr Leben. Der Weg wurde immer steiler. Keuchend erreichten sie eine Anhöhe, das fürchterliche Krächzen in ihrem Rücken. Der Tunnel weitete sich hier zu einer Art Kammer. Auf der gegenüberliegenden Seite gab es eine dunkle Nische in der Höhlenwand, die in der Mitte von einer Steinsäule versperrt war. Vielleicht ein weiterer Gang.

„Schnell, da rüber!“, schrie Basti.

Die Kinder hetzten auf die Öffnung zu und quetschten sich an der Säule vorbei, als ein eiskaltes Gekrächze von den Wänden der Kammer widerhallte. Voller Angst stolperten die Kinder tiefer in die Spalte hinein und knallten gegen blanken Fels.

„Autsch.“ Sackgasse!

Ein weiteres „Autsch“ ertönte. Therese hatte Johann einen

Tritt versetzt und deutete ihm das Licht seiner Taschenlampe auszuknipsen. Sie hörten das Tapsen von Füßen. Ihre Herzen rasten vor Angst. Die Kinder drängten sich aneinander und trauten sich kaum zu atmen. Jetzt konnten sie nur noch darauf hoffen, dass dieses Untier zu dumm war, um sie zu bemerken. Doch auf einmal zerriss ein unerträgliches Quietschen die muffige Luft. Das Geräusch erinnerte an Kreide, die an einer Tafel entlangkratzte. Offensichtlich stammte es von den Krallen, die der Basilisk ganz langsam über den Steinboden zu ihnen in die Felsspalte schob. Therese ließ vor Entsetzen einen Schrei los. Sofort hielt ihr Johann die Hand vor den Mund, doch es war bereits zu spät. Der Basilisk begann wütend zu krähen. Dann hörten sie Fußgetrappel, das sich unheilverkündend entfernte.

„Oh nein!“, zischte Basti, als das Fabelmonster in ihre Richtung polterte. Gleich darauf hörten sie einen ohrenbetäubenden Knall. Der Boden erbebte und im Gestein rundherum knackte es bedrohlich. Die Kinder schrien in Panik auf. Und noch einmal rammte der Basilisk die Säule. Rums.

„Schon wieder so eine blöde Säule!“, ächzte Johann, als diese auch schon laut donnernd vor ihren Füßen auf den Boden krachte.

Nur um Haaresbreite wurden sie verfehlt, doch der Spiegel,

den Basti wie einen Schild schützend vor ihre Körper gestreckt hatte, war dabei zerbrochen. Kurz war es still, dann folgte ein angriffslustiges Scharren und gleich darauf erfüllte ein nervenaufreibendes Getrappel den Raum. Die Kinder pressten die Augen zusammen und flehten zum Himmel. Der Basilisk musste nun unmittelbar vor ihnen stehen, so laut dröhnte das Kikeriki in ihren Ohren und so scharf bohrte sich sein Geruch in ihre Nasen. Aber anstatt vom Basilisken überrannt zu werden, hörten sie plötzlich ein noch ohrenbetäubenderes Krachen. Steinmassen und Geröll polterten herunter und eine dichte Staubwolke schoss auf die Kinder zu. Sie mussten husten. Auf einmal hörten sie eine Stimme, die ihnen unangenehm vertraut vorkam.

Basti knipste seine Taschenlampe an. Er wagte zu blinzeln und fiel beinahe aus allen Wolken: Dort, wo sich gerade eben noch die Säule befunden hatte, war die gesamte Decke eingebrochen. Durch das Loch konnten sie in den elendslangen Tunnel spähen. Und auf der Spitze des Geröllhaufens direkt vor ihnen richtete sich hustend und keuchend eine Gestalt auf. Aber es waren nicht die Umrisse des Basilisken, sondern die eines Menschen. Aber das konnte nicht sein!

Eine unerwartete Begegnung

Der Staub hatte sich gelegt und inmitten eines hohen Schuttberges stand, wie in roten Puderzucker getaucht, Sahra und schimpfte zu ihnen hinab.

„IHR! Na wartet! Aus euch mache ich Kleinholz! Diesmal kommt ihr mir nicht so leicht davon!“ Sahras Worte schmetterten durch die Basiliskenhöhle. Sie machte Anstalten, zu ihnen hinunterzuklettern, als ihr Blick auf Therese fiel, die ein Stück hinter Basti in dessen Schatten stand. „Was machst du hier? Haben sie dich etwa gezwungen? Oder in die Falle gelockt? So wie mich! Diese elenden Taugenichtse!“

„Pst! Pssst!“, kam es von den Kindern.

„Was ist?“

„Pst! Schhhh!“

Wild gestikulierend deuteten die drei auf etwas zu Sahras Füßen: Es war ein schlaffes Hühnerbein, das, dick wie ein Ast, unter dem Schutthaufen herausragte und unnatürlich verdreht aussah. Eine giftgrüne Flüssigkeit quoll aus einer klaffenden Wunde.

„Ist er t-t-tot?“, würgte Therese.

„Wer ist tot? Was redet ihr da?“, schrie Sahra von oben auf ihrem Berg.

„Schh! Schh!“ Händeringend beschwor Johann Sahra leise zu sein. „Unter dir liegt ein, ein U-u-ungeheuer begraben.“ Er deutete zu dem leblosen Hühnerbein, doch Sahra wurde nur noch wütender. Wild stampfte sie mit dem Fuß.

„Da … schau doch! PSCHHHT!“ Auch Basti deutete ihr endlich still zu sein.

„Ihr zwei wollt mich auf den Arm nehmen! Euch über mich lustig machen! Reicht es euch nicht, dass ich hier reingefallen bin? Ich hätte mir alle Knochen brechen können!“ Sahra schnaubte vor Zorn.

„Wollen sie nicht, ehrlich“, flüsterte Therese. „Sahra, wir müssen sofort hier raus und die Polizei holen. Wir befinden uns alle in höchster Gefahr. Da liegt ein Basilisk unter dir, halb Hahn, halb Schlange. Er kann Menschen mit seinem Blick versteinern. Wir suchen Uropa, der irrt hier irgendwo herum.“ Sie blickte zu den Buben und dann zu dem Loch in der Höhlendecke. „Glaubt ihr, wir schaffen es über den Schuttberg nach oben?“

„HABT IHR JETZT ALLE DEN VERSTAND VERLOREN?“ Sahra starrte Therese mit einer Mischung aus Mitleid und

Entsetzen an und fuhr dann fort: „Und eurem Uropa bin ich vorhin begegnet. Er hat mich aus dem Müllraum befreit“, sie funkelte die Buben an, „wo IHR MISTKERLE mich eingesperrt habt. Danach ist er auf die Straße gerannt, während ich euch in den Keller und durch diesen langen Gang hinterher bin!“

„Uropa ist oben?“ Mit einem Blick, als hätte man ihm gerade mit einem Hammer auf den Kopf geschlagen, blickte Johann die anderen an.

Therese entfuhr ein Knurren. Basti wollte gerade etwas zu seiner und Johanns Verteidigung erwidern, als er etwas im Augenwinkel bemerkte und erstarrte.

„Oh, oh!“, kam es auch schon von Johann.

Im Geröllhaufen regte sich etwas. Schreckenssteif glotzen die Kinder es an: Es war ein Hahnenkamm, groß wie eine Stopptafel, dessen bleiche, faltige Haut zwischen den Steinen hervorhing. Plötzlich, von einem Moment auf den anderen, schien eine unsichtbare Kraft von Innen kräftige rote Farbe hineinzupumpen. Der Kamm pulsierte und eine Zacke nach der anderen schwoll stattlich an. Wie eine zusammengefallene Luftburg, wenn der Kompressor auf Touren kommt.

Dann ging alles ganz schnell. Der Hügel, auf dem Sahra

stand, begann sich zu bewegen. Wie eine Wellenreiterin schwankte sie hin und her, wobei sie den Henkel ihrer Tasche umklammerte, als könnte sie sich daran festhalten. Schließlich purzelte sie doch kopfüber bergab. Mit einem lauten Plumps landete sie auf dem Boden, genau neben dem Hühnerfuß, dessen Krallen sich ruckartig spreizten.

Sahra stieß einen gellenden Schrei aus und sprang auf die Beine. Mit weit aufgerissenen Augen starrte sie auf den Krallenfuß. Jede einzelne Klaue war fast so lang wie der Arm eines ausgewachsenen Mannes. Sie scharrten und tappten unbeholfen über den Boden. Doch das war nicht alles. Etwa einen Meter höher brach der Schuttberg auseinander und heraus schälte sich der geschuppte Schlangenkörper des Basilisken. Geröllbrocken polterten den Hügel hinab. Der Schwanz entrollte sich vor den Augen der entsetzten Kinder und peitschte gefährlich durch die Luft.

Basti, Johann und Therese standen vor Schreck steif da, wie die Zinssoldaten. Doch Sahra hatte sich erstaunlich schnell erholt. Mit ihrer Tasche drosch sie unter einer Art Kriegsgeheul auf den Schlangenschwanz ein.

„Gegen den kommst nicht einmal du an!“ Basti packte sie und zerrte sie rücklings mit sich.

Kleine und große Steine flogen quer durch die Luft, den fliehenden Kindern hinterher, die sich duckten und die Arme schützend über ihre Köpfe hielten. Ein gefiederter Kopf, gefolgt von einem riesigen Rumpf, quälte sich aus dem Hügel und rappelte sich auf die Beine. Zunächst unsicher torkelnd erfing sich das Wesen schnell und plusterte sich zu seiner vollen Größe auf.

„LAUFT! SCHNELL! UND SCHAUT IHM JA NICHT IN DIE AUGEN!“, schrie Basti.

Dem hatte Sahra nichts hinzuzufügen. Die vier Kinder nahmen die Beine in die Hand und rannten, was das Zeug hielt. Ohne sich auch nur einmal umzudrehen, stürmten sie den Basiliskentunnel bergab. Das Licht der Taschenlampen flimmerte hektisch über Wände und Boden. Immer wieder stolperte oder stürzte eines der Kinder, doch sie zogen einander hoch und hetzten weiter. In ihrem Rücken tobte das Ungeheuer. Sie konnten das wütende Klatschen auf Stein und das laute Platschen in Pfützen hören. All das wurde von dem abscheulichen Gekrächze übertönt. Nach Luft ringend schafften es die Kinder bis zu der Weggabelung. Der Basilisk musste ihnen jetzt knapp auf den Fersen sein, denn sein furchtbares Getrappel wurde immer lauter. Das Ende des Tunnels war bereits als entfernter Lichtschein zu erkennen. Röchelnd und prustend taumelten sie in die von den Feuerschalen erleuchtete Felsenhalle. Einen Augenblick lang blieb Sahra stehen und starrte wie gebannt in die flackernden Flammen.

„Da lang!“, brüllte Basti und zeigte auf die eingestürzte Stelle in der Tempelwand.

Die Kinder hechteten auf die Öffnung zu, als ein kampflustiges Krähen gleich hinter ihnen sie erschaudern ließ. So schnell sie konnten, krabbelten sie über die spitzen Steinbrocken hinweg. Therese, Johann und Sahra hatten es schon bis in den Tempel geschafft, als Basti auf einmal einen Ruck verspürte. Er schrie auf. Der Basilisk hatte ihn mit dem Schnabel am Hosenbein erwischt und wollte ihn zu sich reißen. Er versuchte sich an einem Steinbrocken festzuklammern, während er mit dem anderen Bein verzweifelt nach hinten trat. Johann packte Basti am Arm, doch er konnte ihn nicht halten. Der Basilisk schliff ihn rücklings in Richtung Höhle.

Panik überkam Basti und alles drehte sich. Verschwommen nahm er wahr, wie Sahra in ihrer Handtasche zu wühlen begann, und dann geschah etwas, womit keines der Kinder gerechnet hatte: Eine Dose in der Hand, sprang Sahra über den am Boden zappelnden Basti hinweg und baute sich direkt vor dem Basilisken auf. Mit zugekniffenen Augen und ausgetrecktem Arm sprühte sie dem Ungeheuer den gesamten Inhalt ihres Haarsprays ins Gesicht. Die Kinder hielten den Atem an, während der Schlangenhahn in höchsten Tönen krähte.

„Brennt scheußlich in den Augen“, keuchte Sahra und hielt Basti die Hand entgegen, um ihm auf die Beine zu helfen. Er war frei.

Die vier Kinder wechselten ein paar hektische Blicke und schon preschten sie, an den unheimlichen Statuen vorbei, durch den Tempel davon. Es war nur eine Frage der Zeit, bis sich dieses Untier erholt haben würde. Atemlos hetzten sie durch das Tempeltor und stürzten die breite Treppe hinunter. Auf der letzten Stufe stolperte Johann über seine eigenen Füße und die Taschenlampe glitt ihm aus der Hand. Einen Moment lang starrten die Kinder ihr nach, wie sie klackernd einige Meter über den Platz schlitterte. Sie drehte sich ein paar Mal im Kreis und kam dann, den Lichtkegel in Richtung des Tempels zeigend, zum Liegen.

„Weiter!“, schrie Basti.

Die erschrockenen Steinlöwen hinter sich lassend, rasten sie um den Platz und suchten verzweifelt nach einem Versteck.

Der Brunnen, ging es Basti durch den Kopf, der sich jetzt an der Spitze des Zuges befand. Er steuerte in Richtung Hallenmitte und erreichte den gemauerten Schacht. Keuchend warf er sich, dicht gefolgt von Johann, dahinter auf den Boden und knipste seine Taschenlampe aus.

Basti hatte gerade einmal durchgeatmet, als er innehielt.

„Therese? Sahra?“

Stille.

Der Brunnen

Basti lauschte angestrengt in Richtung Tempel. Unheimlich still und vom Schein der verlorenen Taschenlampe in gespenstisches Licht getaucht, erhob sich dieser über den Brunnenrand. Hatte sich der Basilisk nach Sahras Haarsprayattacke womöglich in seine Höhle verkrochen? Von der Seite des Platzes drang ein leises Schluchzen zu ihnen herüber. Therese! Mit angehaltenem Atem spähte Basti zu den römischen Behausungen. Er konnte seine Schwester im düsteren Licht gerade noch erkennen. Zusammengekauert hockten sie und Sahra vor einem der Gebäude und drückten sich schutzlos gegen die Wand.

„PSSST! Wir sind hier drüben. Schnell! Beeilt euch! Hierher!“, zischte Basti den beiden zu und gab ihnen mit seiner Taschenlampe ein Zeichen.

Schlotternd erhoben sich die Mädchen und wagten sich auf den Platz. Sie hatten bereits über die Hälfte der Strecke zurückgelegt, als ein Rascheln von Federn die Anspannung unterbrach. Das Licht flackerte und gleich darauf hörte Basti ein erschrecktes Gekrähe. Offenbar hatte sich der Basilisk unbemerkt aus dem Tempel geschlichen und hantierte nun an der auf dem Boden liegenden Taschenlampe herum.

Basti wandte sich wieder den Mädchen zu, die noch ein gutes Stück von dem Brunnen entfernt waren. Plötzlich flitzte der Lichtkegel wie der Scheinwerfer eines Leuchtturmes ringsum über die Höhlenwände und kam dann just auf Therese und Sahra gerichtet zum Stehen. Wie auf einer Bühne standen die beiden da und pressten ihre Augen zusammen. Im nächsten Moment blähte sich an der Höhlenwand hinter den Mädchen ein riesiger Schatten auf. Mit klappernden Zähnen beobachtete Basti, wie der Schatten immer kleiner und deutlicher wurde: Dort, wo der Hahnenkopf in den gestreckten Hals überging, baumelten zwei lange Kehllappen vor und zurück. Die Flügel standen leicht in die Höhe und dahinter – Basti lief es eiskalt über den Rücken – ging der Rumpf in einen fetten, sich windenden Schlangenkörper über.

„Uäääähhh." Auch Johann starrte den Schatten an und bekam dabei so lauten Schluckauf, dass er sich rasch die Hand auf den Mund pressen musste.

In Zeitlupe drehte sich der Schattenkopf ein Stück in ihre Richtung. Blitzschnell machten sie sich klein. Basti krabbelte im Schutz der Mauer zur anderen Seite des Brunnens. Mit halb zugekniffenen Augen und vorgehaltener Hand blinzelte er dahinter hervor. Und dann sah er ihn das erste Mal in voller Größe. Das Herz blieb ihm fast stehen.

Der Schlangenhahn hatte sich wieder vom Brunnen abgewandt und stakste nun schnurstracks auf die Mädchen zu, die noch immer, starr vor Schreck, an derselben Stelle standen. Dabei nickte das Scheusal unentwegt mit dem Kopf, wie ein nach Futter suchendes Huhn. Etwa fünfzehn Meter trennten den Basilisken noch von den Mädchen, die keine Chance hatten zu entkommen. Drohend spannte das Untier die Flügel auf und knallte mit seinem Schlangenschwanz auf den Boden. Die Mädchen kreischten und pressten ihre Hände vors Gesicht.

Nur noch zehn Meter …

Panik und Verzweiflung packten Basti. Die ganze Sache war allein seine Schuld. Er musste sich schleunigst etwas einfallen lassen! Nur was bloß? Ohne Spiegel! Komm schon! Er zwang sich zu denken. Konzentriert lehnte er sich an die Brunnenwand und atmete ein paar Mal tief durch.

Da schoss es ihm glasklar durch den Kopf: Es war verrückt, einfach wahnwitzig. Doch es war ihre einzige Chance!

Basti beugte sich zu Johann. „Stell jetzt keine Fragen, sondern tu einfach, was ich dir sage." In knappen Worten flüsterte er ihm etwas ins Ohr und drückte ihm seine Taschenlampe in die Hand.

„BITTE, WAS SOLL ICH?!" Johann konnte es nicht glauben.

Basti spähte wieder zum Basilisken hinüber.

Fünf Meter.

Er holte tief Luft. Dann packte er einen der Steine, die rund um den Brunnen lagen. So fest er nur konnte, hämmerte er damit gegen die Brunnenmauer. Unterdessen richtete Johann die Taschenlampe auf den Basiliken und knipste sie ein paar Mal ein und aus. Drüben, nur wenige Schritte von den Mädchen entfernt, hielt das Untier inne und hob seinen Kopf.

„Es klappt!", hauchte Basti und warf einen Stein nach dem Basilisken.

„Du bist total übergeschnappt!", ächzte Johann.

Doch Basti hatte den Verstand nicht verloren. Das Herz rasend vor Angst hämmerte er wieder gegen den Brunnen. Die Schläge hallten eindringlich von den Höhlenwänden wider. Und wirklich! Mit einem verärgerten Krähen drehte sich der Schlangenhahn um und hinkte stattdessen auf sie zu. Basti und Johann starrten angestrengt auf den Boden, um dem Ungeheuer ja nicht ins Gesicht zu blicken. Dann – die Hahnenfüße des Basilisken rückten schon gefährlich nahe in ihr Sichtfeld – sprangen die beiden auf die Brunnenmauer.

„Schnell!“ Die Buben kletterten die rostige Leiter in die Tiefe, als sich auch schon ein Schatten oben über die Öffnung schob. Das Geräusch von Federn, die an Stein wetzten, und das Kratzen von Krallen verriet Basti, dass der Basilisk sich in den Brunnenschacht gezwängt hatte und ihnen hinterherkroch.

So schnell sie konnten, stiegen die Buben die Leiter bis ans Ende hinab. Johann leuchtete mit der Taschenlampe im Kreis. Hier unten weitete sich der Brunnenschacht zu einem geräumigen Wasserbecken. Ringsherum stieg der Boden etwas an und war ausgetrocknet. Der Felsbrocken, den Basti schon von oben gesehen hatte, ragte ein Stück aus dem trüben Nass.

Johann machte einen Schritt zur Seite auf den trockenen Rand, während Basti auf den Stein in der Mitte sprang. Er war nicht sonderlich groß. Doch mit ein bisschen Mühe und zusammengepressten Knien schaffte es Basti, sich darauf zu hocken, ohne ins Wasser zu fallen. Unterdessen richtete Johann die Taschenlampe auf seinen Freund, auch wenn er keinen blassen Schimmer hatte, was das Ganze sollte.

Bastis Herz schlug nun so heftig, dass er fürchtete, es würde zerspringen. Er kam sich vor wie auf einem Präsentierteller. Hell erleuchtet und in ein paar Sekunden für den Basilisken zum Greifen nahe. Das Untier musste jetzt direkt über ihm sein. Er konnte seinen eiskalten Atem spüren, der sich bestialisch stinkend durch seine Nasenlöcher bis ins Innerste seines Kopfes arbeitete.

„JEEEETZT!“, schrie Basti aus Leibeskräften.

Johann presste seine Augen zusammen, schwenkte die Taschenlampe nach oben und tauchte den Basilisken ins Licht. Zugleich spannte Basti seine Muskeln an und sprang aus der Hocke vom Stein. Ohne das Wasser zu berühren, schaffte er es neben Johann auf das Trockene.

„Bitte, bitte, bitte …“ Auch er kniff die Augen zusammen.

Ein paar endlose Sekunden lang tat sich gar nichts, dann ertönte ein panisches Krähen gefolgt von einem ohrenbetäubenden Knall. Unzählige Steinsplitter hagelten durch die Luft und platschten ins Wasser. In Bastis Ohren klang es wie Musik. Erleichtert sank er an der Brunnenwand zu Boden.

Der friedliche Hahn

Mit einem Riesenseufzer ließ sich auch Johann auf den Rand des Brunnenschachts sinken und schüttelte den Kopf. „Aber du hattest doch gar keinen Spiegel?“

Ungläubig starrte er auf die vielen bunten Bruchstücke, die gerade noch als grauslicher Basilisk nach ihrem Leben getrachtet hatten. Direkt vor Johann ragte ein versteinerter Hahnenfuß verkehrt aus der Lache heraus.

Basti atmete ein paar Mal tief durch. Er lächelte. Langsam kehrte Farbe zurück in sein blasses Gesicht. „Ich stand auf dem Stein, weil ich ihn anlocken wollte. Dann, als er ganz knapp über mir war, bin ich schnell auf die Seite, während du ihn angeleuchtet hast. Dieses Monster war hier drinnen so eingezwängt, dass es gar nicht anders konnte, als nach unten zu blicken und dann ...“

Johann, der plötzlich begriffen hatte, bekam noch größere Augen, als er ohnehin schon hatte, und beendete den Satz: „... hat er sein eigenes Spiegelbild auf der glatten Wasseroberfläche gesehen und ist zerplatzt.“

Basti nickte. „Genau, hättest du das Licht nur auf das Wasser gelenkt, hätte das den Basilisken nur geblendet. So, wie wenn man im dunklen Badezimmer mit dem Handy auf den Spiegel leuchtet. Man muss sich selbst anleuchten, wenn man sich im Spiegel sehen will.“

„Also ehrlich, da wäre ich auf die Schnelle nie draufgekommen.“ Bewundernd blickte Johann ihn an.

„Na ja, war Zufall, aber egal. Lass uns jetzt zu den Mädchen rauf und dann endlich von hier verschwinden.“

„Nichts lieber als das.“

Erschöpft rappelten sich die Buben auf die immer noch zittrigen Beine und stiegen den Schacht empor. Sie kletterten über die Brunnenmauer und traten auf den Platz, als Therese und Sahra auch schon mit schneeweißen Gesichtern angelaufen kamen.

„Ist er, ist er …?“, stammelte Therese.

„Erledigt“, antwortete Basti.

Therese ließ einen erlösenden Schrei aus und fiel ihrem Bruder laut schluchzend um den Hals. In knappen Worten berichtete Johann den Mädchen, was sich unten im Brunnen zugetragen hatte.

„Ich dachte, alles wäre vorbei“, hauchte Therese.

„Dachte ich auch.“ Basti stützte seine wie Pudding wackelnde

Schwester. Er wandte sich zu Sahra, die still zugehört hatte. Ihre Frisur war komplett zerzaust und die rosa Farbe ihres Kleides war einem Grau gewichen. Sie war über und über mit Staub und Schmutz bedeckt.

„Danke“, flüsterte Basti, „schätze ohne dich wäre die Sache heute anders ausgegangen.“

„Auch danke“, flüsterte Sahra zurück und lächelte.

Zu viert machten sich die Kinder auf den Weg nach oben. Mit etwas Mühe und gegenseitiger Hilfe schafften sie es über den Schuttberg hinauf und hievten sich durch das Loch in der Decke hindurch in den elendslangen Tunnel. Basti fragte sich währenddessen, ob Basilisken Geschwister haben konnten. Schließlich gelangten sie in den Keller unter ihrem Haus, schoben gemeinsam den Kasten an die Wand und stapften die Treppe ins Erdgeschoß hinauf.

Sie hatten gerade die letzte Stufe erreicht, als sie plötzlich ein lautes Krähen hörten. Der Schock fuhr ihnen in die Glieder, als jemand von der anderen Seite die Türe aufriss: Vor ihnen stand Uropa mit einem überraschten Gesicht. In der einen Hand hielt er einen Spiegel, in der anderen einen Käfig. Und darin war ein Hahn.

„Von denen hab ich für mein Leben lang die Nase voll“, nuschelte Johann, während Basti seinem Uropa etwas entgegenstreckte, das er aus dem Brunnen mitgebracht hatte.

Uropas Blick fiel auf den großen, gezackten Stein und dann auf die von Kopf bis Fuß verdreckten Kinder. Er wurde käseweiß, doch gleich entspannten sich seine Gesichtszüge und ein Lächeln huschte über sein Gesicht. „Wie ich sehe, seid ihr ganz gut ohne mich zurechtgekommen.“ Freudestrahlend schloss er die verdutzten Kinder in seine Arme.

Nun mussten die Kinder Uropa alles erzählen, während dieser mit großen Augen aufmerksam ihren Schilderungen lauschte.

„Aber ihr hättet doch nur nachsehen müssen, ob mein Auto im Hof steht“, meinte Uropa, als die Kinder zu Ende berichtet hatten. „Nachdem ihr mir heute diese Geschichte erzählt habt, war mir klar, womit wir es hier zu tun haben. Deshalb habe ich euch zweien auch ausdrücklich verboten, da wieder runterzugehen. Ich habe extra den Kasten im Keller an die Wand geschoben. Es ist Wahnsinn, einem Basilisken nur mit einem Spiegel gegenüberzutreten. Ihr vier hattet verdammt viel Glück. Wenn er euch nicht gleich versteinert, fegt er euch mit dem Schwanz weg, noch bevor ihr mit der Wimper zucken könnt. Deshalb bin ich auch sofort los und hab mir den da

als Unterstützung besorgt." Uropa deutete auf den rotbraun gefiederten Hahn, der friedlich in seinem Käfig saß und sie anblickte.

„Aber wo bist du so lange geblieben?", fragte Basti.

Uropa stöhnte. „Es hat ein Weilchen gedauert, bis ich einen Hahn auftreiben konnte. Und dann habe ich noch den Autoschlüssel verloren und ihn ewig gesucht, bis ich ihn letztendlich im Müllraum gefunden habe. Offenbar hatte ich ihn dort vergessen, als ich Sahra befreien musste." Uropa schaute streng.

„Alles geregelt", warf Sahra ein.

„Gut", lächelte Uropa, „dann ist es jetzt Zeit schlafen zu gehen. War bestimmt ein anstrengender Tag für euch vier."

Bei diesen Worten überfiel die Kinder bleierne Müdigkeit. Leise machte sich die Truppe auf den Weg nach oben, während draußen auf der Straße Sirenen ertönten. Doch als sie den ersten Stock erreichten und Basti behutsam die Wohnungstüre aufsperren wollte, kam ihm sein Vater zuvor. Mit gerunzelter Stirn stand er im Eingang.

„Sind sie da?", rief eine Stimme von drinnen.

„Sag mal, wo wart ihr? Deine Mutter und ich haben uns Sorgen gemacht. Und eure Eltern übrigens auch." Er wandte sich Sahra und Johann zu. Dabei streifte sein Blick über die schmutzige Kleidung der Kinder und blieb dann am Käfig mit dem Hahn hängen. Verärgert schüttelte er den Kopf: „Also Opa, wie oft muss ich dir noch sagen, dass du die Kinder abends nicht auf dubiose Touren mitschleppen sollst."

„Was, schon so spät?" Urgroßvater zwinkerte den Kindern zu und schritt dann mit Johann und Sahra im Schlepptau die Stiegen hinauf, während Basti und Therese an ihrem Vater vorbei in ihre Zimmer huschten.

„Eine Erklärung wäre das Mindeste gewesen", murmelte dieser und schloss achselzuckend die Türe.

Wieder zu Tisch

„Schlafmütze, raus aus den Federn. Mittagessen steht auf dem Tisch." Bastis Mutter streckte den Kopf zur Türe herein.

Basti blinzelte. Erleichtert stellte er fest, dass er sich zuhause in seinem Zimmer befand. Allmählich kamen die Erinnerungen an den gestrigen Abend zurück. Er rieb sich die Augen, kletterte aus dem Bett und stapfte über ein Knäuel übelriechender Kleidung hinweg zu seinem Kasten. Rasch schlüpfte er in frische Jeans und ein sauberes T-Shirt, um nach den anderen zu sehen, als diese auch schon in sein Zimmer platzten.

„Ich habe erzählt, dass wir nur in der Stadt spazieren waren", flüsterte Uropa und ließ sich auf Bastis Bett sinken.

„Eher unter der Stadt", entgegnete Therese mit einem Augenrollen.

„Egal, jedenfalls darf euer Vater nichts erfahren. Der macht sich nur unnötig Sorgen", erklärte Uropa.

Dem stimmten Johann und Therese eifrig nickend zu, während Basti ergänzte, dass er ihnen ohnehin kein Wort glauben würde.

„Und wo ist der Hahn?", wollte Johann wissen.

„Der hat mich in aller Herrgottsfrühe aus dem Bett gekräht. Daraufhin hab ich ihn gleich zurück auf den Bauernhof gebracht", erzählte Uropa, als eine Nachricht von Sahra auf Bastis Handy hereinbimmelte.

„Dreizehn Uhr Nachbesprechung im Hof?", las er den anderen vor und lächelte.

Therese und Johann nickten.

Einige Minuten später saßen die vier mit Bastis Eltern am gedeckten Sonntagstisch. Es gab Hähnchen mit Reis. Während Uropa für drei aß, rührten die Kinder das Fleisch nicht an. Unterdessen war Bastis Vater wie üblich über die Tageszeitung gebeugt. Plötzlich schürzte er die Lippen, so wie er es immer tat, wenn etwas in der Zeitung seine Aufmerksamkeit erregte: „Nicht zu glauben: Gestern Abend wurde unterhalb von Wien eine römische Siedlung entdeckt! Stellt euch vor, gleich hier in der Nähe der Bäckerstraße."

Die Kinder saßen mit einem Mal stocksteif da.

„Wirklich?" Basti ließ klirrend die Gabel auf den Teller fallen, während Johann in seinen Sessel sank.

Enttäuscht nuschelte er Basti ins Ohr: „Jetzt werden wir doch nicht berühmt, sondern ein paar andere Maxerln."

„Sogar auf einen Tempel ist man gestoßen. Und merkwürdigerweise lag dort auch eine kaputte Handyhülle inmitten von höchst lebensechten Statuen. Es muss also bereits jemand vorher da unten gewesen sein.“ Und nach einer kurzen Lesepause fuhr er fort: „Haha, lustig, da hat jemand pinke und giftgrüne Smileys draufgemalt. Genau wie du auf deines, Therese!“

Johann strahlte übers ganze Gesicht und zwinkerte Basti und Therese zu. Dann flüsterte er: „Vielleicht werden die wahren Entdecker der unterirdischen Stadt ja doch noch berühmt!“

Das Mittagessen plätscherte wie üblich dahin, während Basti es kaum erwarten konnte, sich mit den anderen über die Neuigkeiten auszutauschen. Endlich erklärte Bastis Mutter die Mahlzeit für beendet.

„Ist mir eigentlich egal, dass die Römerstadt jetzt von Forschern belagert wird. Ich hätte mich sowieso nicht mehr da runtergetraut. Wer weiß, vielleicht hausen dort noch andere Basilisken“, meinte Johann, nachdem sie sich in Bastis Zimmer verdrückt hatten.

Basti und Therese erbleichten.

„Unmöglich. Basilisken sind eine absolute Rarität und wo einer einmal gehaust hat, lässt sich kein anderer so schnell wieder blicken“, erklärte Urgroßvater trocken.

„Na dann“, spielte Basti den Lockeren, „spricht ja gar nichts dagegen, dass wir weiter im Keller spielen.“ Seine Augen begannen ein wenig zu blitzen.

„Es gibt bestimmt noch viel zu entdecken“, überlegte Johann und wandte sich dann Uropa zu. „Hast du Lust, uns mal zu begleiten?“

Doch Urgroßvaters Augen waren ganz glasig geworden. Offensichtlich war er mit seinen Gedanken ganz woanders. „Habe ich euch eigentlich schon von meiner Begegnung mit der Weißen Frau auf Schloss Bernstein erzählt?“, setzte er an.

Doch davon wollten die Kinder zumindest heute nichts wissen.

LONDON
ALLING